诗
想
者

H I P O E M

生　活　，　还　有　诗

经典
外国诗人
21家

《诗刊》社 编

GUANGXI NORMAL UNIVERSITY PRESS
广西师范大学出版社
·桂林·

经典外国诗人 21 家
Jingdian Waiguo Shiren 21 Jia

策 划 人/ 刘　春
责任编辑/ 郭　静
责任技编/ 王增元
装帧设计/ 唐秋萍

图书在版编目（CIP）数据

经典外国诗人 21 家 / 《诗刊》社编. --桂林 : 广西师范大学出版社，2022.4
ISBN 978-7-5598-4652-5

Ⅰ. ①经… Ⅱ. ①诗… Ⅲ. ①诗歌欣赏—世界 Ⅳ. ①I106.2

中国版本图书馆 CIP 数据核字（2022）第 019981 号

广西师范大学出版社出版发行
（广西桂林市五里店路 9 号　邮政编码：541004
网址：http://www.bbtpress.com）
出版人：黄轩庄
全国新华书店经销
广西广大印务有限责任公司印刷
（桂林市临桂区秧塘工业园西城大道北侧广西师范大学出版社集团有限公司创意产业园内　邮政编码：541199）
开本：880 mm × 1 230 mm　1/32
印张：16.25　　字数：310 千
2022 年 4 月第 1 版　　2022 年 4 月第 1 次印刷
定价：88.00 元

目　录

翁加雷蒂诗选

[意大利] 朱塞培·翁加雷蒂

刘国鹏　译

巴列霍诗选

[秘鲁] 塞萨尔·巴列霍
赵振江　译

哈特·克兰诗选

[美国] 哈特·克兰
赵四 王敖　译

科索维尔诗选

［斯洛文尼亚］斯雷科奇·科索维尔

袁　帆　译

卡文纳诗选

[爱尔兰] **帕特里克·卡文纳**
桑克 刘蓉 译

米沃什诗选

[波兰] 切斯瓦夫·米沃什

赵 刚 朱 赢 译

若昂·卡布拉尔诗选

[巴西] 若昂·卡布拉尔·德·梅罗·内托

胡续冬 译

赫鲁伯诗选

[捷克] 米罗斯拉夫·赫鲁伯
徐伟珠　译

娄岱森诗选

［荷兰］汉斯·娄岱森
汪剑钊 译

阿米亥诗选

[以色列] **耶胡达·阿米亥**
刘国鹏　译

巴赫曼诗选

[奥地利] 英格博格·巴赫曼

贺骥 译

沃尔科特诗选

[圣卢西亚] 德里克·沃尔科特

程一身 译

特德·休斯诗选

[英国] **特德·休斯**
赵　四　译

胡安·赫尔曼诗选

[阿根廷] 胡安·赫尔曼

于施洋　译

贝尔瑟维卡诗选

[拉脱维亚] 维茨玛·贝尔瑟维卡

李 笠 译

艾基诗选

[俄罗斯] 根纳季 · 艾基

顾宏哲　译

达尔东诗选

[萨尔瓦多] 洛克 · 达尔东

欧阳昱　译

基尔施诗选

［德国］萨拉·基尔施

马文韬　译

皮扎尼克诗选

[阿根廷] 阿莱杭德娜·皮扎尼克
汪天艾　译

达尔维什诗选

［巴勒斯坦］穆罕默德·达尔维什

唐珺　译

赫罗洛娃诗选

［俄罗斯］伊琳娜·赫罗洛娃

晴朗李寒　译

翁加雷蒂诗选

Giuseppe Ungaretti

[意大利] 朱塞培 · 翁加雷蒂

刘国鹏 译

【诗人简介】

朱塞培·翁加雷蒂（Giuseppe Ungaretti，1888—1970），意大利诗人，与蒙塔莱、夸西莫多并称“意大利隐逸派诗歌三杰”。

1888 年翁加雷蒂出生于埃及亚历山大一个意大利侨民家庭，在非洲度过童年和少年时光。1912 年，诗人 24 岁时远赴巴黎求学。赴法途中，诗人第一次短暂逗留于祖先曾居住的国度。在巴黎求学期间，他曾于索邦大学和法兰西学院选修过当时著名哲学家柏格森的课程两年。当时的巴黎，牢牢保持着其世界艺术之都的地位。在此，翁加雷蒂和众多一流的诗人、文学家、画家交往，相与切磋，其中，和阿波利奈尔的友谊最为深厚，与帕皮尼、帕拉采斯基、毕加索、齐里柯、莫迪里阿尼、布拉克等人则过从甚密，并应帕皮尼、索菲齐、帕拉采斯基之邀合作创办著名文学杂志《拉切巴》（*Lacerba*）。巴黎的生活使翁加雷蒂重新过滤了此前的人生经历，使其文学认知和诗歌风格变得更为精细。

第一次世界大战期间，诗人应征入伍，战后返回巴黎。1921 年移居罗马从事新闻工作。意大利法西斯上台之后，诗人被迫流亡巴西，1936 年起于圣保罗大学主持意大利文学讲席。1942 年回罗马，后执教于罗马大学。1962 年担任欧洲作家联合会主席。

翁加雷蒂的诗歌早年受法国象征主义、意大利未来主义的影响，后来翁加雷蒂对其进行了转化并纳入意大利的传统之中。

他从彼特拉克至莱奥帕尔迪的伟大的抒情诗流派中汲取养分，进行崭新的创作。翁加雷蒂被视为现代意大利诗歌革新第一人。在早期《被埋葬的港口》《覆舟的愉悦》两部诗集中，诗风简洁，篇幅短仄，势如闪电，每个音节都雷霆万钧，令人猝不及防。意象所至之处，精确简素的短句击中直觉的顿悟，呈现出强劲而不失澄澈的巨大表现力，表达出介于感官感受和顿悟之间令人叹为观止的惊奇。

其后，翁加雷蒂摒弃了偏爱的短句，回归意大利传统的十一音节诗句，作品随之转向长诗。时代的灾难、文明的崩塌、个人如覆舟般的命运与第二次世界大战给人类造成的悲剧感相互交织，组成了贯穿翁加雷蒂后期诗歌的主题变奏。在诸如《时间的情感》《一个人的生命》《痛苦》《老人笔记》《一声呐喊和风景》等作品中，这些主题得以清晰地辨识。

在20世纪的意大利诗歌史当中，翁加雷蒂堪称神话般的人物。其诗歌大开大合直觉性的顿悟，将强烈的震颤和水晶般的清澈融合为自己的特质，伴随着对其诗歌阅读的深入，读者宛如被诗人的心灵抛入无限之中。也因此，意大利文学评论界不乏评论家仿《圣经》中的《旧约》《新约》之说，将其诗作称为“精神之约”(testamento spirituale)，这“约”宛如隐秘的声音，不时自诗人当下生活中载浮载沉的灵魂底部泛起。

除了诗歌创作，翁加雷蒂还是优秀的翻译家。其所译莎士比亚、拉辛、马拉美等人的作品，受到意大利文学界的高度评价。

天　地

我与大海一道
成为
一口清新的
棺材

清　晨

我破晓

无远弗届

意大利

我是一位诗人
一声众志成城的呼喊
我是一个梦的凝块

我是一颗
无数冲突的接穗结出的果实
成熟于某一个夜晚

而这同一片土地上长出
你的人民
也为我长出
意大利

身着你士兵的
戎装
我休息时
宛如父亲的
摇篮

穷人的天使

而今，鲜血和大地最苦涩的怜悯
侵入黯淡的头脑，
而今，诸多无端丧生者的沉默
测量着我们每一次的心跳，

而今，穷人的天使苏醒过来，
灵魂残存的仁慈……

以数世纪无可遏止的姿态
降临在他古老民族的前方，
那阴影中跋涉的……

星　辰

它们返回高空，点燃传说。

将在第一缕风里，随树叶陨落。

但当另一丝气息萌动，

新的闪烁将卷土重来。

沙漠整洁的金色

烟雾中，翅翼的摇晃
划破了双眼的寂静

珊瑚随风蜕去
亲吻的饥渴

拂晓时我脸色苍白

生活将我一股脑倒入
怀旧不规则的花纹里

此刻，从世界无数的斑点里
我照见昔日的同伴
并且嗅出了方位

直到在旅途的摆布中死去

我们的睡眠停止了

太阳的哭泣变得微弱

我身披整洁金色的
温热斗篷

自怀中这片荒凉的
温柔，向着美好时光
我伸出双手

祈　祷

我将要从混乱的
微光中醒来
进入澄明而惊奇的领域

我的重量将使我变得轻盈

主啊，请允许我的船倾覆
在那年轻人发出呼喊的初日

终　曲

大海不再咆哮，不再窃窃私语，
大海

没有幻梦，大海是无色的田野，
大海

大海也怀有怜悯，
大海。

反射不出大海的云朵在流动，
大海。

大海向悲伤的河流出让河床，
大海。

你看，大海，也死掉了。
大海。

卡尔索的圣玛尔提诺[1]

这些房屋
仅留下
几堵
残垣断壁

那么多
患难与共的同伴
活下来的
屈指可数

然而我的心里
谁的十字架也不曾缺少

我的心啊
是备受毁损的家园

1 卡尔索的圣马尔提诺（San Martino del Carso）：意大利弗留利-威尼斯朱利亚大区戈里齐亚省萨格拉多市下辖的一个镇。一战时，意大利军队和奥匈帝国的军队在镇北侧附近的圣米凯莱山进行过残酷战争，致使该镇被完全摧毁。翁加雷蒂所在的布雷西亚旅幸在奥地利人对阵地施放毒气前被调防，诗人从而避免了葬身毒气战的命运。

时间的意识

因着恰如其分的光线，
唯有一道浅紫色的阴影跌落于
略高的桎梏之上，
远方向着尺度敞开，
我的每一次心跳，一如在使用着心脏，
但而今我听到了它，
时间，请快些将我抿在你的唇间
你最后的唇间

诗人的秘密

我唯有黑夜这位女友。
时时刻刻将会同她
厮守，无片刻虚度；
而时光，我传递着自个儿心跳的时光
由我随心所欲，从不令我分神。

当我听到，她就碰巧来临，
而她重新自阴影分离，
不变的希望
在我里面，她重新找到了火
并在沉默中，不断归还
对于你尘世的姿态
如此被眷恋，以致不朽者宛若
光芒。

哪一声呼号？

在夏夜，
你撒播惊奇，
慢悠悠的月亮，每日悲伤的
幽灵，极端的太阳，
你在嘲笑哪一声呼号？

含沙射影的月亮，
不断鲁莽地惊扰
沉睡中的大地，
在你忧郁的抚摸下，
大地发狂地朝向缺席者
哭泣，它是母亲，
对于它，对于自己，你停留不过一日
就连月亮易逝的斗篷也不过如此。

贝督因人[1]之歌

一位女子起立吟唱
风追随着她，使她变得迷人
她横陈大地之上
真实的梦境将她攥紧

大地是赤裸的
女人是多情的
风是强劲的
梦是死的。

1　贝督因人：又名贝都因人，属于闪含语系民族，是以民族部落为基本单位在沙漠旷野过游牧生活的阿拉伯人。

谣　曲

我再次看到你冷漠的嘴唇
（大海迎向黑夜的嘴唇）
和腰部的牝马
它们曾在我的怀抱里吟唱，
使你濒临绝境
将你带入一场梦境
那为生机勃勃者和新亡者而设的梦境。

每一个陷入
爱河的人，都会在自身发现残酷的孤独，
而今无穷无尽的坟墓，
从你身上，将我永远地一分为二。

亲爱的，你遥远得如同在一面镜子里……

大　地

镰刀上或许有
一丝光泽，小酒馆里的喧闹声
或许渐次消歇
慌乱，风或许由另一种盐
吹红了眼睛……

湖面上，你能听到轮船龙骨下沉的
声音变得苍白，
或者，一只红嘴海鸥愤怒地啄食，
逃遁的猎物，镜子……

你伸出盛满黑夜与白昼
麦粒的手，
你看到绘在无形的
秘密之墙上第勒尼安[1]海豚的
祖先，而后，（你看到）船只
后面，它们愉快地跳跃，

1　第勒尼安：地中海的一个海湾。在意大利西海岸与科西嘉岛、萨丁尼亚岛、西西里岛之间。

而你依然是从不停歇的大地
发明者的灰烬。

无时无刻不警惕于橄榄园的沙沙声
能再度唤醒昏昏欲睡的
蝴蝶，
死者将唤起你的清醒，
缺席者令你彻夜难眠，
财富急速的波动中
灰烬——阴影的力量。

愿风持续地泼洒，
从棕榈到冷杉，愿沉默的
喧哗永远悲痛，
死者的呐喊更强烈了。

岛 屿

河岸上，黄昏永无止息
古老而聚精会神的森林的黄昏，他走下去，
深入
他称之为羽毛的喧嚣
自溪水尖叫的
心跳脱落，
他看到一个
幽灵（憔悴复又振作）；
他回到高处，看见
一位仙女，沉入梦乡
笔直地抱紧一株榆树。

他本身，时而是幻影，时而是真实的火焰
漂泊，来到一片草地，那里
处女眼睛里的阴影
浓密得如同
橄榄树下的黄昏；
分泌出枝条
一阵投枪困顿的雨，

这里，羊群在平静的温暖里
昏昏欲睡，
其余的在啃吃
熠熠生辉的毯子；
牧羊人的手掌是一块玻璃
光滑得如同一场轻微的热病。

无言的谣曲

1

鸽子，折弯了
太阳的光线……

咕咕叫着，若你入眠，
它会来到你的梦中……

光明会降临，
秘密地生存……

广阔大海的
情人，在你发出第一缕叹息时
将会明了……

大海，已经久闪烁
波光潋滟，
为入梦者而敞开……

2

你监禁的光明
不仅仅魅力非凡……

于你，它貌似顺从，
却另有所图……

它很快变得无度，
渴慕深渊般的大海……

你踌躇，飞行
迷失在你的体内，
人们凭着回声搜索……

在叫喊中，愤怒
损坏了你的灵魂，
光线重返白昼……

巴列霍诗选

César Vallejo

[秘鲁] 塞萨尔·巴列霍

赵振江　译

【诗人简介】

塞萨尔·巴列霍（César Vallejo，1892—1938）是西班牙语诗坛上最伟大也是最复杂的诗人之一。其伟大在于，他的诗歌创作是整个西班牙语先锋派诗歌的标志之一；说他复杂，是因为他的作品比贡戈拉"夸饰主义"的巴洛克更繁复难解。但这样一位复杂难懂的诗人又是西班牙语世界中传播最广泛的诗人之一，堪称一位雅俗共赏的大家。

巴列霍1892年3月15日生于秘鲁北部安第斯山区的圣地亚哥·德·丘科镇，其故居所在的街现已改名塞萨尔·巴列霍街。巴列霍的母系是印第安原住民，青年时代他半工半读接受高等教育，同时进行文学创作，因行为激进曾受数月牢狱之灾，后因案子可能重审的流言而于1923年乘船赴欧洲，7月13号抵达法国，从此再也没有回到祖国。

巴列霍可谓一生贫困，思想激进，保持了高度的政治热情。他曾三次访问苏联，于1931年加入了西班牙共产党。西班牙内战期间，他积极参与筹建"保卫西班牙共和国委员会"，参加群众集会，做宣传报道，并亲临马德里前线。1938年，他开始重新策划"秘鲁保障与自由运动"，由于过度疲劳，身体情况恶化，于4月15日在巴黎去世。1970年，诗人遗体移入著名的蒙帕纳斯公墓。

巴列霍的一生，是充满痛苦的一生，也是不懈追求的一生。

他的痛苦不仅是个人的，更是人类的；他的追求是政治的，但更是艺术的。他从 16 岁开始写诗，至 1918 年完成了《黑色使者》。1922 年出版的《特里尔塞》，与同一年出版的《尤利西斯》《荒原》一样，具有划时代的意义；1931 年该书由何塞·贝尔加明作序在西班牙再版，才引起了强烈反响，被视为拉丁美洲先锋派诗歌的里程碑。西班牙内战期间，巴列霍写下了诗集《西班牙，我饮不下这杯苦酒》。

巴列霍的诗歌既狂野原始，又温柔美丽；既真挚可触，又有浓烈的超现实主义色彩。《人类的诗篇》是巴列霍 1923 年以后的作品结集，在他身后（1939 年）于巴黎出版，全书由 76 首诗组成，是一些令人感到惊心动魄、光怪陆离的诗篇，也是诗人最具个性和激情的作品。1922 年以后，巴列霍割断了与家庭和祖国的联系，随着时间的推移，经济拮据、疾病折磨、世道不公，使他的苦闷与日俱增，他甚至感到个人的总和不能构成一个社会，个人的存在与否是无关紧要的。创作《人类的诗篇》时，诗人已然不是狂热追求诗歌“绝对自由”的青年，而是亲历了人类重重苦难，成为人类代言人的诗人。但这是一个始终不曾绝望的召唤者，号召着人民与非正义的社会进行不屈的斗争。总之，从内容上来说，巴列霍是一位进步的、革命的诗人；从诗歌的艺术形式上看，他是一位勇于开拓、不断创新的伟大诗人。

这里选录的诗作均译自诗集《人类的诗篇》。

等到他回来的那一天……

等到他回来的那一天，我最终的足跟
将从这岩石中诞生，
带着它罪过的游戏，它的常春藤，
它的橄榄，它惊人的生硬。

等到他回来的那一天，依然如故，
带着痛苦瘸子的坦诚，
我的航行从一眼井到另一眼井，
懂得了人要善良才行。

等到他回来的那一天而且要等到
我这个动物活动在他的法官中间，
我们勇敢的小指已经长大，
在所有的指头中它风光无限，维护着尊严。

坷　垃

带着燃烧蜡烛的世界性的结果，
直接的包皮，敲打的汉子，
农夫们在行动，沐浴着迷雾茫茫，
带着赞美的胡须，
实用的脚和山谷诚恳的女王。

信口开河，
喝着一瓶神甫的指令
不断地将思想改变；
在一棵树后将思想改变，
述说私人的写作，缩小的月亮
和公共的河流！（无限！无限！无限！）

沉闷的力量
与黑莓燃烧着的运转，
木棒的步履，
木棒的表现，
木棒的段落，
悬挂在另一根木棒上的语言。

他从肩膀上，肉挨着肉地，
取下开着花的工具
他们自己分阶段从膝盖下到天上，
并将
自己古老骷髅形的错误
摇晃，
用带子举起他们生命攸关的缺陷，
举起他们的温和
与红色法官的、伤心的、血的杯盏。

他们有自己的头颅、四肢、躯干，
有自己的裤子、手指和一根短棍；
为了穿着高度吃饭
并一边抚摩结实的雌鸽一边洗脸。

的确，那些人
在危险中度过岁月，
将整个前额投到致敬里面；
他们没有钟表，从不吹嘘生命

总之，他们常说：在那边，娼妓，

　　路易斯·塔伯阿达[1]，英国人；

在那边，他们，在那边，他们，在那边！

1　路易斯·塔伯阿达（1848—1906）：西班牙作家，常写一些风俗主义的文章，其小说多是对马德里中产阶级的讽刺。

年迈驴子的想法

为了见他，我此时
将穿上乐手的衣裳，
与他的灵魂碰撞，用手将他的命运揉搓，
既然是个时断时续的灵魂，就让他安详，
总之，让他尽可能
死在他死去的躯体上。

他今天可能会伸展在寒冷中，
或许会咳嗽；我见他在打哈欠，使肌肉不幸地运动
在我的耳中成倍地猛增。
我这样说一个人，说他真实的招牌
而为什么不呢？说他砍伐的波耳多树[1]
那可怕的华丽的细丝，
说他手杖的银把手上画着小狗，
说那些孩子
他说他们像自己悲痛的内亲。

1　波耳多树：这种树的叶子可治胃病和肝病。

因此我今天会穿着乐手的衣裳，

会与他的灵魂碰撞，他的灵魂在将我的原料观望……

但我将永远看不到他在自己明天的脚下刮脸；

永远，永远，而且何必呢！

什么事情！一定要看！

什么他永远的永远！

在生活中思索

在生活中思索，仔细地
思考着激流的努力，
存在减轻，奉献座位，
判处死刑；
沸腾的钉子裹在苦难里
裹在白色的破布里
跌落，行星般
沉重地跌落；跌落！
（官方态度，我左派的态度；
古老的衣袋，这右派在考虑自己。）

一切都很愉悦，除去我的快乐
一切，漫长的，除去我的天真，
我的犹豫不定！
不过，考虑到形式，我正面相迎，
古时的一瘸一拐，
我由于泪水而忘了眼睛。（多么有意思的事情）
我直上到自己的双脚，从自己的星星。

我编织；由于纺了线，我编织自己。

我在灵魂的下面和气息的后面寻觅
跟随我并在大主教们中间隐匿的东西。
这就是正在攀登的山羊姑娘
感觉的孤寂，
散发着石油不祥的味道，
昨天，星期天，我将自己的星期六失去。

这就是死神，和她大胆的丈夫一起。

饥饿者的轮子

我从自己的牙齿中间冒着烟出来，
喊叫着，挣扎着，
褪下长裤……
空出我的胃，空出我的肠，
苦难将我从自己的牙齿间抠出，
从衬衣袖口用小木棍儿按住。

连一块可以坐着的石头
都没有吗？
我连那个分娩的女人，
羊羔、起因、根的母亲
碰着的那种石头，
都没有吗？
即使另外一种也行，
它弯着腰通过了我的灵魂！
即使石灰质的
或低劣的（卑微的海洋）
或者连打人都不能用，
现在就把它给我，也行！

即使在侮辱中发现的孤零零被打穿的石头，
现在就把它给我，也行
即使那被扭曲的并戴着花冠的，
正直觉悟的脚步只有一次在其中回响，
或至少是另一块，在尊严的曲线中被抛出，
并自己落在
真正内心的职业中，
现在就把它给我，也行！

对于我，连一块面包，也没有吗？
我只能是我永远必须是的人，
但是请你们给我
一块可以坐着的石头，
但是请你们给我
一块我可以坐在上面的面包，
但是请你们给我，
总之，用西班牙语，
给我点什么喝的，吃的，生活的，休息的东西，
然后我便离去……

我遇到一种奇怪的方式，我的衬衣
肮脏褴褛，
我已一无所有，多么令人恐惧。

愤怒使大人破碎成孩子……

愤怒使大人破碎成孩子，
使孩子破碎成相同的鸟，
然后，使鸟破碎成卵；
穷人的愤怒
用一种油对抗两种醋。

愤怒使树破碎成叶，
使叶破碎成不同的蓓蕾，
使蓓蕾破碎成望远镜的凹槽；
穷人的愤怒
用两条河对抗很多的海洋。

愤怒使好事破碎成疑问，
使疑问破碎成三个相似的拱门
然后，使拱门破碎成意外的坟墓；
穷人的愤怒
用一块钢对抗两把匕首。

愤怒使灵魂破碎成躯体，

使躯体破碎成不同的器官，

使器官破碎成八分之一的思索；

穷人的愤怒有一种

对抗两个火山口的中心之火。

一个人走过，肩上扛着面包……

一个人走过，肩上扛着面包
然后，我会将像我一样的人塑造？

另一个人坐下，挠痒，从腋下掏出一个虱子杀死
我还有什么勇气谈论精神分析？

另一个手持木棒进入我的胸里
然后我还会向医生谈论苏格拉底？

一个瘸子走过，用一只胳膊扶着一个儿童
然后，我还会阅读安德烈·布勒东？

另一个冻得发抖，咳嗽，吐血
难道再不能影射“深刻的我”？

另一个在泥中寻找骨头、果皮
然后我还怎样描写无垠的天际？

一个瓦匠跌下屋顶，死去，已不能吃午饭

然后我还能更新比拟和隐喻？

一个商人少给买主一克的商品
然后还能将四维空间谈论？

一个银行家伪造他的账目
还有什么脸面在剧场里啼哭？

一个平民进入梦乡，将脚放在背部
然后还能对谁将毕加索评述？

有人在安葬中泣涕涟涟
事后还如何加入科学院？

有人在厨房擦拭步枪
我还有什么勇气谈论死亡？

有人走过，用指头将数目清点
倘若谈论“非我”怎能不发出一声呐喊？

这就是我穿上长裤的地方……

这就是我穿上
长裤的地方，是一间房屋
我在那里高声地脱下衬衣，而且
在那里有一片土地、一个灵魂、一张我的西班牙地图。

此时此刻，我在向自己
讲述自己，并将
一块可怕的面包放在一本小小的书上
而后，我进行了转移，
想哼着小曲，将生命的右边
向生命的左边转移；
然后，果断而又尊严地
将腹部和全身沐浴；
再转过身来，看看变脏的物体，
擦光紧贴在身上的东西
并将那张地图好好地整理，
不知它是在摇头还是在哭泣。

由于不幸，我的家，是一间房屋，

或许是一块地皮，我可爱的小勺儿
带着她的铭刻生活在那里，
我亲爱的骨骼已没有一支长久的纸烟，
也没有折刀，没有字迹。
的确，当我思考
什么是生活，
无法避免向吉奥尔吉特[1]诉说，
为了吃点可口的东西并出去，
下午去买一份好的报纸，
保存一天一夜
以备不时之需
（在秘鲁如是说——我开脱自己）；
我同样以极大的细心在忍受，
为了避免呐喊或哭泣，因为眼睛拥有
自己的贫穷，不以人的意志为转移，
我是指它们的功能，
它似乎在心灵上滑行又跌落在心灵。

1　吉奥尔吉特：诗人的妻子。

度过了
十五年；以后，十五年，从前，十五年，
一个人，实际上，觉得自己是傻瓜，
这很自然，此外，还有什么办法！
还有什么最坏的事情，不应去做？
只有活着，只有
成为上百万面包中，
数千瓶葡萄酒中，数百张口中的一个，
成为太阳和它的光线即月亮的光线中间，
弥撒、面包、酒和我的灵魂中间的一个。

今天是星期日，因此，
我头脑中产生了想法，
胸中产生了哭泣，
而喉咙，似乎有个巨大的疙瘩。
今天是星期日，而这已有许多世纪；
否则，或许是星期一，
像我这样的和我所遭遇的人，
心中会产生想法，

脑子中，会产生哭泣
而喉咙里，将会有一种可怕的情趣
要将我现在的感觉窒息。

哈特·克兰诗选

Hart Crane

[美国] 哈特·克兰

赵 四 王 敖 译

【诗人简介】

哈特·克兰（Hart Crane，1899—1932），生于俄亥俄州一个糖果制造商家庭。13 岁开始写诗，17 岁发表了第一首诗作，记录了他紧张的精神状态和同性恋倾向。尽管没上过大学，但克兰系统地阅读和消化了伊丽莎白时代的剧作家、诗人和 19 世纪法语诗人的作品。克兰后来到纽约谋生并得到银行家卡恩的资助，因而相对集中地创作了大量的诗歌。1924 年发表了组诗《航行》，1926 年出版了第一本诗集《白色建筑群》，1930 年出版了代表作长诗《桥》。

《桥》全诗由一首序诗和 8 部分（共 15 首诗）组成，克兰通过此诗试图对美国历史进行一种现代性、神话性的总结，指出现在与过去的紧密关系及对未来的希望。在给友人的信中，克兰对《桥》在美国诗歌中的位置曾下断语，“我的诗之形式源自一种价值和视觉想象完全压倒当下的过去的诗歌，以至于我无法解释我的幻想，我幻想在过去和我的诗歌所配得上的未来命运之间存在着一种真实联系”。当时的美国评论界对这部雄心之作的评价褒贬不一，给克兰带来很大打击。克兰后来还写有《断塔》。

由于长期以来酗酒、失败感、过重的精神压力等原因，克兰于 1932 年 4 月 27 日在从墨西哥回纽约的途中，于航行于加勒比海的一艘轮船上跳海自尽，时年 33 岁。在他身后，1952

年出版了《书信集》，1966 年出版了《诗全集和书信、散文选》。

克兰是一位作品深具难度的诗人，他善于运用极具张力的隐喻和典故。其特征性隐喻逻辑结合了其超验渴望和高度祈愿的风格，予人一种有时拒绝松开的紧实的密度感；他的“修辞法”或者说语词的自我意识是惊人的，显示出与马洛、霍普金斯及艾略特的亲缘关系。其主要作品，以（教堂之外的）宗教诗人般的超越音调，建构起一个“崇高”诗歌图景，这一图景融汇了美国精神和实现了的同性爱。克兰具有酒神精神人格和俄耳甫斯式的厄运渴望，彻底献祭自己于“诗”，最终他凭语言创造出了至高处的和谐的、系统的与爱相关的音乐。克兰同时是一位强迫性的修订主义者，一位审慎精微的艺术家，其诗艺达到了美国诗歌所能够提供的极致。燕卜荪曾说，克兰的诗歌使得多少诗歌显得毫无意义，只是想要存活的抵死挣扎。

克兰作品的基调，是一种将思想、情绪、感觉熔并的一体化情感，这种经典的高浪漫派诗人情感在他所处的 1920 年代美国诗坛，受到极大的压抑，那时占据美国诗坛主流的是高现代派创作和艾略特新批评派所强调的“非个性化”理论。在克兰身后，经过以哈罗德·布鲁姆为代表的一代浪漫主义批评家们的努力，克兰声誉日隆，现在已被公认是爱默生、惠特曼、狄金森、弗罗斯特、史蒂文斯、艾略特这个序列中的最重要的美国诗人之一。

（据哈罗德·布鲁姆《为哈特·克兰百年纪念而作的序言》等资料编译）

传　奇[1]

犹如镜子被确信的无声
事实陷入无言中……

我不准备忏悔；
也不配上相应的遗憾。飞蛾
无非躬身于静寂的
哀告火焰。战栗
在纷落的白色雪片里
亲吻，——
唯它配得到全部嘉许。

将有人知晓
这砍劈，这灼烧，
但只能是那个
又一次耗尽了他自身的人。

又一次，双倍的
（再次，那冒烟的纪念物，

1　编者按：以下 7 首选译自《白色建筑群》，译者为赵四。

流血的幻象！）已然重临。
直到明亮的逻辑赢了
阒寂无声如同镜子
所被确信。

然后，一滴一滴，腐蚀性的，完美哭喊
将奏出某种不间断的和声，——
残酷不屈的雀跃，为所有那些
将他们青春的传奇带入正午的人。

行为的象征物

半岛附近漫游者踞坐，写生
起伏的河谷墓地。正当使徒施予
救济于恭顺者，火山喷发
冲出硫黄和金灿的岩石……
这是那快乐搭乘惊人的掩蔽物
诱引生者进入精神的大门。

宣讲者领悟宇宙万物
向众人播扬其绝对律法。
使徒经由训诫传递思想
碗与杯灌注崇敬盈满历史学家，——
暗灰的口唇纪念精神的大门。

漫游者后来择此地为休憩之所
那里大理石状层云撑起大海
那里最终诞生一位被选中的英雄。
那时夏季消逝，烟雾散尽。
海豚们静静嬉戏，拱起一弯弯海平线，
但只是为精神的大门筑起记忆。

祖母的情书

今夜无星
除了那些记忆中的
然而供回忆的空间多么广大
在柔雨松软的环抱中

甚至有足够的空间
给我的祖母，伊丽莎白的
那些信笺，
它们长久以来一直被压在
屋顶的一个角落里
现在又黄又软
快要像雪一样融化掉

步向此间的伟大
脚步必须轻柔。
它只被一根看不见的白发悬着
它晃动如桦树枝网住空气。

我问自己：

“你的手指是否足够长能去弹奏
那些只是回音的旧键：
寂静是否足够静
能将音乐送回它的源头
而后又回向你
就像带回给她？”

而我愿牵着祖母的手
穿越许许多多她弄不懂的东西；
结果我绊倒了。雨继续落在屋顶
带着如此的一种充满温柔同情的笑声。

星期天早晨的苹果

——致威廉·萨默[1]

树叶会在某个时刻再度落下，用
如下意图填充自然的柔软织物：
你的线条中丰产、忠实的力量。

但现在，是对春天的挑战
因为成熟的赤裸，其首
已伸进
刀剑的王国，她紫色的影子
迸裂于那个世界的冬天
那世界以其洁白高喊出对雪的蔑视。

男孩带着条狗奔跑在太阳前面，跨骑着
塑造了他们独立轨道的自发性，
他们自身之光的经年轮转
就在你居住的河谷
（名为布兰迪万）。

1 威廉·萨默（William Sommer，1867—1949）：美国现代主义画家。生于密歇根州底特律市，基本属于自学成才。1914 年迁居俄亥俄州的布兰迪万地区。

我看见在那儿抛掷着你们，众多秘密的苹果，——
可爱的苹果带着合时令的疯狂
以空气之酒回馈你的探问。

将它们再次置于一个水罐，一把刀旁，
并令它们姿态具足，准备爆发——
苹果！比尔，苹果！

果园抽象画

枝上的苹果是她的欲望——
闪光的悬浮，太阳的仿拟。
树枝高高攫住她的呼吸，她的声音，
在倾斜中那沉默的清晰诉说，和她
头顶上方枝丫上升起的枝丫，模糊着她的眼。
她是树和其根根绿色手指的囚徒。

于是她开始梦见自己是树，
风拥着她，波动她年轻的叶脉
向着天空和它急遽的蓝托举起她
将她手的热切淹没在阳光里。
除了脚下的青草和投影
她别无回忆，亦无恐惧，无希冀。

北拉布拉多

一块倾斜的冰之陆地
被天空泥灰苍郁的层层拱弯抱紧，
将自己静静掷入
永恒。

“没有人来此赢取你，
或令你微光闪耀的乳房上
稍现娇赧的红晕？
你没有记忆吗？哦，黑沉沉的光亮。”

静极了的寒冷，只有时光的移行
向着没有春天的旅程而去——
无生，无死，无时，亦无太阳
作出回答。

在麦尔维尔墓前

常常，海浪之下，远离这礁岩，
他所见溺亡者骨殖冲磨成的骰子，遗赠
一位使者。当他观看，它们的点数
跳荡在灰土弥漫的海岸，模糊暗淡。

沉船驶过，无钟鸣响，
死亡慷慨赠礼的杯盏还回
一个零落四处的章节，死灰色象形文字，
凶兆卷裹于只只螺壳的长廊。

此后，在一个巨大旋流巡游的平静中，
其激流魅人，恶意妥协，
冰冻的眼在那里举起座座祭坛；
无声的回答在星辰间曲折徐行。

罗盘，四分仪，六分仪不再造出
更多的潮汐……高跃于碧蓝陡岸的
单调海浪挽歌不会唤醒水手。
只有海留存下这传奇的影子。

航　行[1]

1

波浪清新的翻卷之上
条纹光鲜的顽童，互相扬沙厮打。
他们筹划了一场夺取甲壳的战争，
他们的手指，捻着晒热的海草碎片
快活地挖掘，抛散。

为回应他们高音的惊叹
太阳在浪涌中挥斥闪电，
浪花在沙子上裹住雷声；
如果他们能听到，我就会告诫：

噢，鲜亮的小孩儿，跟你们的小狗一起欢闹，
戏弄你们的贝壳和小棍儿，被时间
和风吹日晒漂白；可是有一条线
千万不要跨越，永远不要把你们

1　编者按：以下诗作译者为王敖。

身体上敏捷的帆索，托付给这条线之外
来自无比辽阔的胸怀的，对苔藓万般痴缠的爱抚。
大海的最深处是残酷的。

2

——然而，这属于永恒的巨大眨动，
属于无边的大水，毫无束缚的顺风
在古花绣中铺展，推进，在那里
那女水神巨大的腹部，对月夭娇，
笑着我们的爱情中，纸醉金迷的卷曲；

占有这大海，她的浩歌震响在
层层翻卷的，银光雪亮的判决书上，
不论她风度娴雅，还是举止横暴，
在她的法庭上，帝王权杖的恐怖撕碎
所有一切，除了爱人之手的虔诚。

前进，当圣萨尔瓦多传来的钟声
在她猩猩木草原般的潮汐里，
向群星番红花的辉光致意——
小岛们的柔板，哦，我的浪子，
完成她的血管拼写出的，黑暗的忏悔。

留意她转动的肩膀，如何上紧时光，
又如何加速，当她赤贫而富有的手掌
批准弯弯的水泡和波浪的题字——
加速，当它们是真切的——睡眠，死亡，欲望
在一朵漂浮的花里紧紧绕住一刹那。

把我们捆绑在时间之中，哦，明净的季节，还有敬畏
哦，加勒比之火的，游吟的大帆船
不要把我们留赠给尘世的海岸，
直到海豹向天国发出的，开阔的，浪花飞溅的注视
在我们坟墓的漩涡中得到回应。

3

它的血脉交融，绵绵无尽——
你温柔荡漾出的主题，被光线
从平远的海上寻回，天空在那里
俯下一只乳房，让每一簇浪花都来尊崇；
当我蜿蜒进入，那缎带环绕的
在浪浴中解体的，海水的小路，
在那里，并没有你在另一侧奋力划船，
大海，朝向这时光，举手拢起了圣骨盒。

所以，那一道道黑色的奔涌之门
推斥着无法接近，却为我打开——
跨越漩涡的柱子，柔波的山墙
在那里光线不停地与光线角力
星与星亲吻在浪与浪的交叠中
扑上你摇曳的身躯！

死亡，若在此有所毁灭

不会大肆屠戮，只是推动一个变化——
在陡峭的海床上，从黎明到黎明
飞腾着，那丝滑而灵动的脱胎换骨之歌

爱人，请允许我的航行，进入你的双手……

4

试想，你在时辰与日子里珍视的微笑
是我眼里大海的光谱，而今我大肆许诺
让漩涡叠着漩涡的翅膀，四散而去，
但我也知道，它们的圆环连起的——从棕榈树到阴冷的
信天翁白色的孤悬——并非正在流淌的
更深的爱流，而是歌唱，只有这速朽的余生
透过黏土造的身躯，向你不朽地涌来。

芬芳的弥漫无可置辩，欢会
在这时光中疯狂得合理，我们的怀抱

会再次缠绕相拥，预示的眼睛
嘴唇和缱绻，这一切曾经讲述
进入圣坛之路，我们六月里的日子——

可当我来讲述这一切，我必将迷失在
致命的浪潮里，它们难道不会随着我们的脚步
挡住并围起，明丽的花束和翎羽？

那化身肉体的词语，在它的签名里
海港侧肩投身于我们交融的血液
如预知的那样蒸腾着，在你的胸中
扩张着正午，为了收集我的岁月捕捉的
所有闪亮的暗示，为了那些岛屿
你眼睛里蓝色的自由和水平线
神圣不可侵犯地指向它们——

在这期待者体内，你仍要呼喊
接受所有的爱中秘密的船桨和花瓣。

5

丝丝入扣，午夜过后，晶亮的霜花里，
不见人烟，凛然难犯，海天荡荡无波
仿佛一起铸进残忍的白刃——
海滨的港湾斑驳着天空的硬边。

——仿佛太易碎，太明澈，不堪触碰！
我们睡眠的缆绳已经挂起，如此轻捷地
切磋摩擦，变成回想里星芒的丝缕
一个冰冻的，无路可循的微笑……
什么词语，能绞杀这聋掉的月光？因为我们

已被压服。此刻没有呼喊，没有剑锋
可以刹紧或偏转，这潮水的楔子，
月光舒缓的暴政，被爱，被改变的
月光……“在这世界上

这是如此独一无二”，你说，

知道我无法爱抚你的手，与你一起
注视天空没有神灵的裂洞，在那里
没有什么在旋转，只有死寂的沙子灿然一片。

“——永远无法理解！”不，
在你头发的大船队里，我从未梦到过什么
像这海盗一样不挂旗帜。

可是现在
俯下你的头吧，你在此孤零零的，站得太高
你的眼睛，沉入倾斜的水光里飘散的泡沫
你的呼吸，被我不认识的鬼魂一起封住。
俯下你的头吧，睡在你漫长的回乡路上。

6

在那里，冰刺雪亮的地牢升起
游泳者们失落的，晨光的眼睛，

在那里，海洋的巨流激荡，变幻着
更奇特的天空下绿色的疆界，

如一只扇贝坚定地分泌着
它搏动的串串单音的联盟，
或像大水纷涌出的凹槽，不断地捧起
太阳的内龙骨，跨过海角潮湿的岩石

哦，汇集的海流奔向
天空和凤凰胸膛的港口——
我双眼对着船头，一片漆黑
——你被抛弃的盲客人

等待着，燃烧着，什么名字
被收回，我无法认领：让你的波浪
耸立幻视者破碎的花环
比众王的死亡更加野蛮。

造物那欢欣的，绽放花瓣的词语

在非洲的热风之上，收获着
天球极点的雷电，渐渐移走
像摇摆的悬崖，或一袭帆影

冲进四月最深处的日子——
这词语，对着慵懒的
刚起身的女神，她的双眼
微笑着无可搜寻的安谧，与它们攀谈——

这仍然炽烈的盟约，美丽岛
——铺展并漂流的高台
前面是道道彩虹缠起连绵的秀发——
美丽岛，船桨白色的回声！

现出形象的圣词，是它留住
它的辉光里停靠的，静穆中的垂柳。
它是无法背叛的回答，
倾吐的清音，永远跟诀别无缘。

献给浮士德与海伦的婚姻（节选）

堂皇的催眠药在此闪光；
欢快跳转在脚间，
如磁力吸着他们的颤音。
这热辣的诙谐歌剧，
极乐之旅！这屋顶间的
弹来跳去——
奥林匹亚的众神，要知道，
黑色的小鬼头丘比特们穿梭于星群，
让我们无暇呼吸。

一千个轻巧的耸肩
在旋律纠缠的发丝中，平衡我们。
白影子滑过地板，仿佛纸牌
从松开的手里散落；
节奏的椭圆，转入放马慢跑
直到公鸡在某处啼笑。

请天真地，但又无畏地问候，
短号在每个转折中带来的
新的抚慰，新的惊异——

带着无比的优雅与淡定，
你会跟我一起滚下楼梯。
或者，悲愁地掠过海岸，
在那里，根据异常的和声的律法，
所有亲眷，都泰然自若
摇晃着新奇的扶椅。

哦，我已经见识过金属制的天国，
在那里鼓声精熟的灾变之上，
布谷朝着雀鸟咕咕鸣叫。
嗤笑在旋转的天篷下
欢呼出死亡的呻吟，而我看到的
是神怪奇谈的古旧版本。
这音乐，让人重生信念。

有罪的歌曲，它的源泉中的塞壬——
让我们把她投入那白热的唱片，
上面纹的微妙与焦灼，
会降临到我们身上：她仍在妙龄，
微笑之际，无人对她皱眉，

浸入此处营造起的风暴，去坐落花园的天上
纤细的滑冰者之中。

科索维尔诗选

Srečko Kosovel

[斯洛文尼亚] 斯雷科奇·科索维尔

袁帆 译

【诗人简介】

20世纪初欧洲现代主义的艺术潮流中，中欧国家斯洛文尼亚（彼时属奥地利）诞生了一位先锋派天才诗人斯雷科奇·科索维尔（Srečko Kosovel，1904—1926），他被誉为斯洛文尼亚语中的兰波。在22年的短暂生命中，他令人称奇地创作了1000余首诗歌，其中有500多首是完整的作品。

1904年科索维尔出生于克拉斯（Kras）地区的一个小镇上，邻近的里雅斯特，隶属奥匈帝国统治地区。11岁时，他即有诗歌在儿童杂志上发表。在他的青少年时代，第一次世界大战爆发，由于他的家乡靠近战场，战争对他产生了创伤性的影响。1916年，他和姐姐移居卢布尔雅那，此时诗人开始了真正的诗歌创作。1922年，他进入卢布尔雅那大学，并创办了一个年轻团体的文学杂志《漂亮维达》。

1924到1926年，随着诗人越来越多地接触到意大利未来主义、德国表现主义、泽尼塔主义、柏林构成主义和俄国构成主义，他的诗歌走向了实验的阶段。1925年，科索维尔开始写作他著名的构成主义诗歌，将它们简称为复数形式的“konsi”，kons是斯洛文尼亚语中构成主义一词的缩略语；他的政治思想也开始左倾，视自己为无产阶级作家。

科索维尔构成主义诗作具大胆、奇特的实验风格，在语言上采用了多种创新：放弃语法和逻辑，充满想象，编排自由，采用数学符号和独白、意识流等。《整数 26》中的《构成 5》一诗是他先锋性的代表作。遗憾的是，1926 年诗人因归乡染疾，死于脑膜炎，年仅 22 岁。他的构成主义诗歌在他身后 41 年即 1967 年时才得以面世，这本诗集就是《整数 26》，这时人们才开始关注到科索维尔诗歌的先锋性，他也开始对当代诗人产生影响。

科索维尔十分坚持构成主义艺术思想，构成主义指的是俄国构成主义艺术潮流，十月革命前后，受立体主义和未来主义的影响而诞生。该潮流对 20 世纪的现代艺术运动有很大影响，主要涉及建筑、工业设计、电影艺术等领域。构成主义十分强调的空间感和立体性，明显地体现在了《整数 26》的诗歌中，但是科索维尔并没有局限于一种现代主义潮流，而是博采众长，吸收诸多流派的艺术特征，应用多种现代主义手法，尤其创造性地运用特定的未来主义诗歌技巧来实现自己最终的构成主义诗歌理想。

《整数 26》不仅以突出的现代先锋性获得了现当代文学界的认可，而且同样重要的是凭借在诗歌中诗人对这个世界所倾注的情感——无论是对欧洲大陆的痛心疾首，还是对未来世界的满心期待，无论是对阴暗现实的嬉笑怒骂，还是对实际工作的满腔热忱——体现着科索维尔无所不在的现实关怀。诗人的多样手法和诗歌技巧无一不是为了更加突出诗人所关注的现实主题。

韵

韵失去了它们的价值。

韵并不可信

无法说服。

你曾经听说过轮子转动摩擦的声音吗？

诗歌一定是痛苦的摩擦的声音。

拿陈词滥调怎么办啊，亲爱的语者！

请把陈词滥调存留在博物馆。

您的词语必须要有摩擦力，

（才能）抓住人的心。

一切都失去了它们的价值。

春夜的白色海洋

溢出漫到田地上、花园中。

未来的征兆经过我们。

构成：猫

猫跳过窗户。
跳上钢琴。
玩耍间惊讶到：
当我跳跃时，钢琴会唱歌
我曾在隔壁房间
以为是幽灵在弹奏。
但是它再次敲击
猫跳过
窗户。

新诗人走过的地方，
钢琴都会响应。
但是没人能像猫那样
令他分心。
整个世界都在关注：这名男子
是傻瓜
却是诗人。
我们都听着他的
脚步，像钢琴一样唱歌的脚步。

致医者

在晚上的时候
黄昏轻抚着我。
（填满的鱼鳔）
人啊，想在空气中吗？

在胸中你感受到翅膀
想要翅膀展开。
（霍屯督[1]文化！）
谁会相信你？

你投身于大局。
（这个煤油真难闻。）
给旧文化红酒
让他把他的破旧吐出来！

1 霍屯督：指霍屯督人，游牧民族，生活在非洲南部，拥有自己的文化和历史。

构成5

粪便是金子

而且金子是粪便。

二者 = 0

0 = ∞

∞ = 0

AB<

1，2，3。

没有灵魂的人，

不需要金子，

有灵魂的人，

不需要粪便。

就是这样。

我的黑色墨水瓶

我的黑色墨水瓶穿着燕尾服
散步。
如雾一般。
整个国家被蒙罩着，失聪。
在草垛上躺着感伤的猫。
用他的金色的小提琴吱吱叫。
哒[1]，哒，哒。
啊啊啊
啊啊啊

1 哒：原文“Da”，在斯洛文尼亚语中意为“好的”“是”。

整　数

旋转的黑夜。
树在绿水旁。
精神的旋转。
我的精神是红色的。

我爱我的痛苦。
我自痛苦中工作。
还有，还有：
从我良心之底。

从我良心之底，
全部都毁了。
奸商们
跳着康康舞。

疯人院之上

在疯人院之上漫步着
梦游的月亮。
在白色的花园有影子走过——一个人，
在他伤心的两颊上有万千思绪。
就像看万花筒一样
货币和支票在他面前舞动
在如同彩虹的火焰中渐渐熄灭。
曾经的银行家，纸票的囚徒，
正在散步
和梦游的月亮
在白色的疯人院的墙后。

这是自由，
那种可怕的自由，
是当你走进看不见的墙
变大的良知的墙，
良知会分离开
融入无形之巨。

接近午夜

接近午夜。

苍蝇在杯中奄奄一息。

火熄灭。

漂亮维达[1]，苦难

在你的记忆中。

斯特拉温斯基在车上。

大海的咆哮。

哦一个人待五分钟。

心脏——的里雅斯特生病了。

这是的里雅斯特漂亮的原因。

痛苦在美丽中绽放。

---

1 漂亮维达：英文“Fair Vida”，斯洛文尼亚语“Lepa Vida”，是斯洛文尼亚民间传说形象，后成为文学作品中的常见的主题。维达为了自己的生活憧憬离开了丈夫和孩子，后悔时为时已晚。“漂亮维达”还是科索维尔于1922年编辑的大学杂志的名字。

我们的眼

灼烧的岩浆
冲进我们的眼。
水泥塔的
银灰
在我们的嘴唇上燃烧。

正如燃烧的树
我们倚着
新的一天。

在风中摇摆

我的生活在风中摇摆
像格栅上的叶子
在明亮的风暴般的
秋天的风里。

像听到海岸的浪一样
听到暴风中的钢琴。
灰暗的云
在风中疾走。

我的心中有一面黑色的镜子。
当我看向它的时候，
我的脸开始变暗，
灼烧，疼痛，
正如我在孤独的时光
知道的那样。

我的生活在风中摇摆，
在秋天的风暴的
风中，风穿过田野。

构成：N

白鸽飞过
早晨蔚蓝的海。
谁胜利，谁就腐烂。
蓝色的露水水晶
落在燃烧的心上。
嘿，谁摇晃着船，
以至于黄色的帆晃动？
你带着你的小脚上船了吗？
这是我们的荣幸。
海窸窣低语，
在你从海岸
登上白色的航船时。
穿过直布罗陀海峡到美洲。
抬起锚来！

秋　天

绿色的花圈

在朋友的墓上结冰。

夜盗。

车间一庙宇。

为什么卢布尔雅那[1]快车要离开？

银色的烟在蓝色的山中

袅袅升起。

艺术是进步的，

文化因素！

寒冷走进我的心里。

飞机开阔了视野，

增强了对世界的意识。

精神唤醒爱。

意识的心理学。

精神，灵魂，理智。

现代抒情诗衰落。

在未来空气里的 2000 米内

1　卢布尔雅那（Ljubljana）：斯洛文尼亚共和国的首都和政治、文化中心，位于西北部萨瓦河上游。

再也没有观点了。

————

秋天海上的风暴，

穿过零点

到达红色的混沌。

宇宙的经历。

如果你沿着银色的秋天的路边，

你就能感受宇宙。

黑色的森林。

这个世纪变得机械化。

天空并不是个奥秘，

　　　　而是**空间。**

在阁楼房间饥饿对我来说是陪伴我的伙伴，

　苦涩的生活面包。

　我从白色的阳台呼喊：

　　天才＝灵魂＋智慧。

　黑暗的，寒冷的秋天的夜。

　秋天的风

　沉醉。

雨中的空气很冷。

克拉斯十一月的

月光之美，神秘月光。

在绿色的印度

在绿色的印度在寂静之中
在弯树映衬下的蓝水之上
住着泰戈尔。

在那里时间有如在被下咒的蓝色光环内，
钟表不显示月份不显示年份，
静静地流淌
好像出自无形的中心
越过树和山，越过庙宇的屋脊。

那里没有人死没有人诀别，
生活好像是永恒的，被困在树丛中……

秋天的风景

太阳逝于秋天，
如此，好像在哀痛；
在瘦削的柏树后
在墓地的白墙后——

草在太阳下全都是红的——
你有教条主义的木底鞋？
自行车独自在秋天的街道。
你骑过正在死去的风景。

清醒的人踏上田野，
他像秋天一样冷，
像秋天一样伤心。
对人道主义的信念。
对于我这是神圣的想法。
安静的平和好似伤心。
我不再伤心，
因为我不再想着自己了。

伤心的时间

旧世界死在了我心里。
伤心的时间来了。
新的奥秘
在金色的光芒中来了。
人的奥秘。
来自心中神奇的火焰照着他。
他的眼睛像夜里的
镭一样发出光芒。
死亡是对生活的退避。
死亡是快乐。

卡文纳诗选

Patrick Kavanagh

［爱尔兰］帕特里克·卡文纳

桑 克 刘 蓉 译

【诗人简介】

帕特里克·卡文纳（Patrick Kavanagh，1904—1967）是上接叶芝、下启希尼的“20世纪最重要的爱尔兰诗人之一”。

卡文纳1904年生于爱尔兰莫纳亨郡因尼斯基恩教区，13岁辍学，他依靠自修而获得学识，后因乔治·罗素赏识而从1929年开始在《爱尔兰政治家》上发表诗作。他的诗集包括《农夫和其他诗篇》(1936),《待售的灵魂》(1947),《最近的诗》(1958),《来和基蒂·司托布林跳舞吧以及其他诗篇》(1960),《诗汇集》(1964）等。他写过小说《泰里·弗林》(1948)，自传《青皮傻瓜》(1938)，1967年与凯瑟琳·莫洛尼结婚，同年因支气管炎逝世于都柏林。

卡文纳的创作大致分为三个时期。

年轻的时候，卡文纳主要写乡村生活。当时爱尔兰民族文艺运动正处于勃兴之中，大多数作家致力社会批判，卡文纳同样投身其中，只是他的方式与他们略有差异。一个是他比较注重个人乡村经验的表达，另外，他也常常采取自我解嘲的方式使自己和经验之间产生一种便于观察与自省的距离。比如“莫纳亨山丘/你们把我变成这样一种人，/一个为了顶级刺激/什么都不在乎的家伙”(《莫纳亨山丘》)，更加注重分析而非描述。在诗之外，卡文纳的时政评论也很用心。

中年的时候，卡文纳主要写社会愤怒。他的长诗《大饥荒》是这一时期最有影响的作品。爱尔兰大饥荒发生在1845—1847

年，三年间有150多万人饿死，100多万人背井离乡。想想当时的爱尔兰总人口，如此惨状，爱尔兰人怎么能忘怀呢？即使它早已成为历史的背影，但是卡文纳的愤怒之诗就像一根铁钉子，死死地扎在人们的心中。《大饥荒》最后三行诗是："饥饿的恶魔一般的人/高声尖叫着黏土的末世启示录/在这片土地上的每一个角落里。"

从事新闻工作的卡文纳和从事别的职业的诗人相比，显得更为锋利，巴克·李曾转引和评述说："卡文纳认为'文学应在其当下的意象及文字语言上下功夫，也需要忠实呈现作家对于日常生活、普遍现象的真挚回应'，他特别以地域性的意义取代所谓的纯粹爱尔兰性论述，并强调文学中的自我性格而非族群意识的过度诠释及主张。"

卡文纳晚年重写乡村生活，此际的诗可能有一点儿随意和自由。这可能与卡文纳的认识转变有关，他认为"诗不应该是社会批评论述，也不该是自我论述的研究，而是随性、诙谐，不需矫揉造作"（引自巴克·李的评述）。而从诗的质量来看，卡文纳的手并没有我们想象的那样出现所谓的没有节制的松弛。比如他晚年的诗："贝克特的垃圾桶/容纳我们所有人/在他占有主导地位的/脸上没有恐惧。"(《美人鱼酒馆》) 和他的一度酗酒相比，他的诗歌头脑始终清醒。

由安托尼特·奎因编辑的《帕特里克·卡文纳诗汇集》是2004年出版的，该辑译诗依据的就是这个"企鹅版"。

给一个孩子[1]

孩子，不要走进
灵魂的黑暗之处，
因为那里灰色的狼群哀鸣，
瘦弱的灰色的狼群。

我已经落在
邪恶的人群之间，他们
撕裂美人的白色长袍，穿着
祷告的破衣服。

孩子，在一颗星下的
某个地方会有一盏灯，
它有时会是为你而存在的
凝望上帝的
一扇窗。

1 编者按：以下 8 首译者为桑克。

莫纳亨山丘

莫纳亨山丘
你们把我变成这样一种人，
一个为了顶级刺激
什么都不在乎的家伙。

我的思想的乡村
有一百个小脑袋，
在为天才而设的空无的脚下空间之上。

因为你们，我成了半个虔诚的扶犁人，
我的身后是浅浅的犁沟，
因为你们，我成了一个唱歌的穷人
一个雷声中的胆小鬼。

如果我生在蒙内[1]，
甚至是福克希尔[2]，
我就会在我的灵魂中拥有一个回声的角落

1 蒙内（Mournes）：指蒙内山脉，是北爱尔兰唐郡的一座花岗岩山脉。
2 福克希尔（Forkhill）：位于北爱尔兰阿尔马郡的一个小村庄。

重复着黎明的笑声。

我会渐渐明白推翻
眺望的屋顶的光荣——
哦，莫纳亨山丘，当你的故事极易辩白的时候，
一个复写本即将展开我的存在。

杨树的回忆

我走在秋天的杨树下面，我父亲
在四月的一天里栽的，那时我还是一个孩子
跑过成堆的根出条[1]的旁边
他把那里收拾得井井有条，前途无量。

我父亲梦到过树林，他死了——
而荒地里是一片杨树林
排水沟的堤岸上也是。

当我抬起头来
我看见我父亲
凝视着枝柯交织的天。

---

1 根出条：指从茎的基部或根状茎上长出来的枝条，也可以将之理解成露在地面的树根。

诗　人

冬天围着我。
我被围住了，
灯光，笑声，舞蹈
反对。

我像一个修士
在灰色的密室里
复制我灵魂的
不同的奇迹。

在灯光里
外面继续进行的东西
少于一个蓝瓶子的调情
恶意！

我会是一个蓝瓶子
或者一匹飞马
让这修士，这工作，
处在黑暗的谎言里。

纪念我父亲[1]

我看到的每一个老人
都会使我想起我父亲
当他坠入死亡的爱河的同时
绞缆轮也收了起来。

我在加德纳街[2]见过的那人
孤零零地摔倒在马路牙子上，
他半睁着眼注视着我，
我本来应是他的儿子。

我记得一个乐师
振动着他的提琴
在伦敦，贝斯沃特，
他也给我制了一个谜。

在十月色调的天气里
我看到的每一个老人

1 “我父亲”：詹姆斯·卡文纳（James Kavanagh），1929 年 8 月 27 日逝世。
2 加德纳街（Gardiner Street）：位于都柏林。

都似乎在对我说：
“我曾是你的父亲。”

在拉格伦路[1]上

在拉格伦路上在一个秋日里我和她第一次相逢，知道
她暗色的头发会编织出一种诱惑，知道我将遗恨终生；
我看到了危险，我也走过这条着魔的道路，
我说，让悲伤做一片跌落的树叶吧，在这一天的黎明。

在十一月的格拉夫顿街上我们轻松地旅行沿着
深沟横档，在这里，可以看出激情承诺的价值，
红桃皇后仍旧在做水果馅饼，而我却没有翻晒干草——
哦，我爱的太多了，就这样，就这样，扔掉了快乐。

我给她心灵的礼物，给她已知的发给艺术家的暗号
他们知道真正的上帝的声音和石头，
词语和色调。我没有节制，因为我给她的诗在诉说着
她的名字，她犹如覆盖五月田野的云朵一样的暗色头发。

在一条宁静的古老鬼魂相聚的街上，我看见她匆匆地
离我远去，我的理由 定容许

1　拉格伦路（Raglan Road）：都柏林的一条街道，夹在埃尔金路和克莱德路之间。

我求爱，而不是因为我需要一个黏土制作的生物——
当天使向黏土求爱时，他就会失去翅膀，在这一天的黎明。

爱尔兰诗人张开你们的眼睛

爱尔兰诗人张开你们的眼睛
甚至卡布拉[1]都能使人惊奇；
现在尝试一下狗脚印吧，然后是——
舍伯恩公园和弯腰曲背的人。

在代主教座堂[2]里
你们到底祈祷过没有
直到一种单纯的呼吸
解脱你们的弗洛伊德的痛苦？

进来，成为
这世界挫败之心的一部分，
击打绝望的高尔夫球，
离开你们关心的超级舞蹈。

1　卡布拉（Cabra）：位于爱尔兰卡文郡的老城堡，建于17世纪60年代。

2　代主教座堂：主教座堂是施行主教制的基督教派（如天主教、东正教等）在教区中设立的具有特殊地位的教堂。内设主教座位，供主教主持敬礼仪式、教导信徒及总揽教务，且通常在其附近建有主教公署。代主教座堂是指临时担任主教座堂的教堂。

做个凡人，

筹钱结婚。

在小巷里亲她，

部分："一样的时间，一样的地点"——走吧。

学习在无聊的床上睡觉，

深沉，没有个性特征，不读东西，

而文学的上帝

将要触及一个忍耐的时刻。

草 叶

当我长大了，许多年之后
我被引导着相信诗是浅薄的，
无聊的，不相干的，缺少笑声的牵引，
顶着一个针头大小的司令部。
现在我不惊奇我的母亲呻吟着
去看她深爱的儿子，一个白痴男孩；
他看不见眼前的东西，地面
喧闹的生活，无穷如克莉奥佩屈拉的变化。
他敲击着引向人类满足之天堂的
秘密之门，一个目的，不了解它。
一支草叶的大军在他的喊声中，数以亿计
一直对他说着，我们几乎使惠特曼成为一个诗人。
在都柏林之夏午夜钟声之后的岁月里
他们自负地把他从单身汉大道[1]的路缘石上叫起来。

1　单身汉大道（Bachelor's Walk）：位于都柏林。

飞　马[1]

我的灵魂是匹老马，
在二十个集市上出售。
我推荐给教堂——买主们
都是些小个子男人，害怕他那
非同寻常的神气。
其中一位说："都别买，
风雨和饥饿会让我们得到他，
连同马眼罩——一个子儿也不花。"

政府官员们瞅了瞅
我打算出售的东西。
其中一位部长想知道
这匹马的躯体是否适配
他为感情保留的尾巴——
他灵魂的遗物——
他说："我会放牧，而不是让他劳动。"
我借给那人一个星期或更久，
老马回来时已是皮包骨，

1　编者按：以下4首译者为刘蓉。

饥饿、劳累、绝望。
我牵他去路边吃草，
为下一次集市打造形象。

我降了价，让他站在一边，
我对那些气喘的跛脚的狡诈的
店主说："他能在地里干上一季的活儿——
但没法在城里干更高级的活儿。
他也许还可以做些修理的工作。
我恳求，"哦，现在就出个价吧，
灵魂是穷人的悲哀。他会给你拉
最笨重的车，"我说，"带你走
去弥撒的近路，教会你看天气，
在夜里从穷人的草地上收坏账。"
但他们都不买。

我和我的马，我的灵魂，一起倒下了。

我哭喊着："谁愿意出半克朗[1]？"
他们吵嚷着讨价还价，
没有一个人掉转头来。
"我的灵魂，"我祷告道，
"我曾把你卖给教会、政府部门
和最卑贱的行业。但今晚，
我会摘掉缰绳，再也不这样了。
在沟渠的南侧，有阳光照射。
我再也不跟世界讨价还价了……"

说着，他背上长出了翅膀。
现在我可以骑乘他
去往我梦想中的每一个地方。

1 克朗：瑞典、挪威、冰岛、丹麦等国家的货币名称和货币单位。

耕　马

它们光滑的侧翼和鬃毛，
比飞舞的阳光碎片更为闪耀。

整支队伍波澜不惊的节奏
犹如缓缓流淌的草甸溪流。

那里有菲狄亚斯[1]的凿子——凿出了
海洋般壮阔的牡马和高山般嵯峨的牝马

目视，用圣灵开启的双眼，
一群耕马在宁静的田野里。

1　菲狄亚斯（Phidias，前480—前430）：被公认为最伟大的古希腊雕刻家，雅典人。

皮革马利翁[1]

我是在田间看到她的——
一个石头般高傲的女人，
抱着她的花岗岩孩子——
怪诞激情下的结晶。
这女人被罗斯康芒[2]的沟渠包围着，
石沟像蛇一样盘绕她的腰肢。
她的嘴唇僵硬，仿佛封冻了“欲望”，
发式永远不变。
她不是希腊女神，只因她的脸让人怜悯，
在我看来，那是一张困苦至扭曲的脸。
我从巴拉哈德林到绿草茵茵的博伊尔[3]
都打听过她，所有人都说：
那是皮革马利翁手中的美人儿
露出了迷人的灰色笑脸。
我说：明天拂晓时，她会是个性感的女人。
但他们都笑而不语。

---

1 皮格马利翁（Pygmalion）：希腊神话中的塞浦路斯国王，善雕刻，他用神奇的技艺雕刻了一座美丽的象牙少女像。

2 罗斯康芒（Roscommon）：爱尔兰罗斯康芒县的县城。

3 巴拉哈德林（Ballaghaderreen）、博伊尔（Boyle）：均为罗斯康芒县的小镇。

给老木门的献词

久经时日和风雨，
连做柴薪也不堪用；
门上已无点漆可掩藏那皱纹，
它退缩连连，嘶哑着冲破寂静——锈染的铰链：
一张铁丝网裹住一节枯木枝，
邪魅般代替了旧门闩。
你荡秋千的那株白杨也已枯朽，
旧日美好渐为人淡忘。
如若不想奶牛在这广阔的乡村游荡，
此处豁口[1]老早就该寻得一名新哨兵。
他们会笑你，老木门，
还会拆分你的四肢，将你碾作尘泥。
那时，我将再也无法倚在你的肩头冥思；
无法梦见河岸之上的卵石；
无法凝望那泥炭燃烧的烟柱
自农舍刷白的座座烟囱升起，
精灵般列阵，飘向天际。

1　豁口：指老木门。

在这里，我曾久守美好晤面，
我们都曾陷入恋情，彼时你宛如新生；
无数次我看见学童骑跨在你
值得信赖的脊背，笑眼眯眯。
只是时日银质的长手已抚过我们的额际，
如今，我被女人嘲弄——嘲弄你的是牛。
我还怎能爱上那守护富农田地的大铁门？
它们生硬，不可亲，在水泥门墩上不停
摇摆——它们指尖尖削，如古老的长矛。
但你我血脉相系，老木门，
因我们遭遇了同等的命运。

米沃什诗选

Czeslaw Milosz

[波兰] 切斯瓦夫·米沃什

赵 刚 朱 赢 译

【诗人简介】

切斯瓦夫·米沃什（Czeslaw Milosz，1911—2004），1911年6月30日出生在波兰第一共和国的立陶宛维尔诺。二战期间在华沙从事地下反法西斯活动。二战后在波兰外交部供职，曾任波兰驻美使馆文化专员；1950年被任命为波兰驻法国外交官。1951年初，在自我“道德责任”的驱迫下，他从任上出走，并向法国申请政治避难。1960年移居美国，成为加利福尼亚大学伯克利分校斯拉夫语言文学系教授；1970年加入美国国籍。1978年，米沃什获得纽斯塔特国际文学奖；1980年，诗人因“以毫不妥协的敏锐洞察力，描述了人类在剧烈冲突世界中的赤裸状态”获得诺贝尔文学奖。20世纪90年代，米沃什返回波兰克拉科夫居住。2004年8月14日，诗人在克拉科夫家中逝世，享年93岁。

1933年，米沃什以诗集《冰封的日子》引起了世人的关注。1936年，第二本诗集《三个冬天》出版后，他被公认为是那一代中最有天赋的作家。1943年，米沃什目睹华沙犹太区惨案，写下了他作为见证者的著名诗篇《菲奥里广场》。1945年前后的米沃什，在诗歌风格上大不相同。他的前期作品具有象征主义色彩，也因为二战，既有悲观的一面，又有反战情结。1945年后，尤其流亡之后，他开始关注人类本体的终极意义，在极权禁锢下，他挣脱牢笼，希望在哲学、历史和文化中寻求武器。在1956年完成的长诗《诗论》中，米沃什对1900至1945年波兰的历史文化和诗歌创作进行了回顾，这可以看作他在流亡西方后对自己思想的一次梳理。米沃什深知自由对一个人的重要，但他并未忽视自己对历史和社会所承担的责任。在他看来，最可怕的莫过于遗忘。晚年的米沃什，诗歌的创作中开始带有神学思想，一方面尊重宗教，另一方面又手握着虚无。尤其在他逝世后第二年出版的诗集《第二空间》中，诗人在完成一生孜孜不倦的诗歌写作和社会活动之后，重新梳理自己的宗教体验和生死观念，以一种最基本的私人经验作为终曲。

米沃什的一生，经历了漫长的漂泊、动荡、凶险、屠杀与在时间中的遗忘，当然，还有贯穿于他的诗歌写作中的拯救。米沃什的全部诗作可以看成是一首挽歌，一首关于时间的挽歌。当面对时间和时间带来的一切——变化、破坏、屠杀和死亡，米沃什感到惶恐、困惑、悲伤，甚至无能为力。但他没有忘记、也不曾放弃他诗人的职责。他试图真实地记录下这一切，同时也在他的诗中包含了对人性、历史和真理深刻的思考与认知。谢默斯·希尼这样评价米沃什："切斯瓦夫·米沃什的伟大在于，他具有直抵问题核心并径直作出回答的天赋，无论这种问题是道德的、政治的、艺术的，还是自身的——他是这样一种人，这种人拥有暧昧难言的特权，能比我们认知和承受更多的现实。"

在溪边[1]

清澈的水流在岩石上流淌，
在山谷底部，高大的林木中间。
岸边的蕨类植物在阳光里闪烁，
层层叠叠的绿叶姿态万千，
有的如柳叶刀、似长剑，
有的是心形、铲形，
舌形、羽毛形
波浪形、锯齿形，
边缘锯齿形——谁能将它们全都说清！
还有花！白色的织锦
蓝色的酒杯、明黄色的繁星
小玫瑰花成串簇拥。
静坐凝视
黄蜂飞舞，蜻蜓翩跹，
食虫鹟飞到空中，
黑甲虫在彼此缠绕的树枝间忙个不停。
我似乎听到了造物主的声音：

1 编者按：以下 7 首译者为赵刚。

“或做石头，一如在创世的首日永远默不作声，
或做生命，条件是终有一死，
还有这令人陶醉的美伴你一生。”

无论身在何方

无论身在何方，在大地上的什么位置，
我都在人前掩饰自己的确信：
我并非来自此地。
我似乎是受命前来，尽量多地吸纳色彩、
味道、声音和气息，
尝试构成人的一切成分，
那感受到的一切，变成魔法师的记录，
并且带到我的出发之地。

我从珍妮·海尔施[1]那里学到了什么？

一、理性是上帝的伟大馈赠，应该相信它认识世界的能力。

二、那些对理性渐失信心的人，在列举理性取决于阶级斗争、性冲动和权力意志时，他们错了。

三、我们应该认识到，我们被封闭在自己认识的圈子里，然而不是为了把现实降低至梦境和我们头脑的幻象之中。

四、说真话是自由的证明，而谎言是奴役的标志。

五、对待存在的正确态度是尊重，因而应避免与那些借讽刺挖苦来贬低存在，同时又赞美虚无的人为伍。

六、尽管有人会说我们傲慢，但在思想世界里的确存在严格的等级界限。

七、二十世纪知识分子的陋习是"baratin"[2]，即不负责任的喋喋

1　珍妮·海尔施（Jeanne Hersch，1910—2000）：波兰裔瑞士哲学家。
2　baratin：法文，意为花言巧语、高谈阔论。

不休。

八、在人类活动的等级中，艺术的地位高于哲学，但是坏的哲学可能会破坏艺术。

九、客观真理是存在的，即两个彼此矛盾的论断中，一个是真，一个是伪，除非一些特殊情况，即当保存矛盾是合理的。

十、无论宗教信仰的命运如何，我们都应持有一种“哲学信仰”，即相信超验是我们人类的一个本质特征。

十一、时间只会排除和抹去那些对数百年来建造文明大厦毫无助益的手工和思想作品。

十二、在自己的生活中，不能因为我们的过错和罪恶而绝望，因为过去并不是封闭的，它会因为我们后来的行为而获得新的意义。

对　立

一面是世界，另一面是人和众神。

世界宁折不弯、铁面无私、冷酷无情。

这是块石头，你赤脚在上面跑，弄伤了大脚趾。

人与众神处于错误与原谅的不断运动之中。

他们温润的喉咙，说出诅咒和祝福的话语。

他们脆弱、善变，彼此期待对方的帮助。

人与神的爱，随时可能丧失。

他们的服装、面具和中筒靴都证明，他们不想停留在大自然的秩序之中。

无论凡人还是神圣，都高高凌驾于世界之上，居住在自己的世界里。

你们是人或者神，你们不要忘记，这个世界的日月星辰对你们怀有怎样的敬意。

致诗人之死

语法的大门在他身后砰然关闭，
现在请到词典的小树林和原始森林里找他。

一和多

这世界之王管理数字，
单一性由隐身的上帝掌管，
拯救之主和例外的肇事者，
从开始就居住在我的迷途。

一，与乘法表相悖。
它特立独行，不受总体的约束。
没有双手和双眼，却确定无疑。
没有被揭示，但每天兀自存在。

不要被它们吓住，无论是徒劳的数千年，
因死亡而幽暗的蜥蜴洞穴，
在腐烂的碎片里蚁聚的生命，
抑或遥远银河中无尽的星云。

因为在向恐怖和光荣作歌时
人声不会在尝试中止步。
所有东西对我们来说都是终极的、
陌生的和美丽的，虽然彼此矛盾。

酒鬼进入天堂之门

我将是怎样的人，你从一开始就知道。
每个生命自开始时刻，你就全都知晓。

意识到这些，一定是件很可怕的事，
当你同时知道
现在、将来和过去。

生命开始时，我信任别人、满怀幸福，
自信太阳每天都会为我升起，
清晨的花朵会为我开放。
我从早到晚在魅力无穷的花园里奔跑。

却浑然不知，你从基因书里选取我
来做一个全新的试验，
仿佛现有的证据还不足以证明，
所谓的自由意志
违背宿命时便无计可施。
我在你欣喜的注视下饱受煎熬，
就像一只毛虫，被活活钉在黑刺李的刺上。

这世界的恐怖，慢慢在我面前展开。

我怎么能不从这恐怖逃入梦幻？
逃入酒精，之后牙齿不再颤抖，
压迫胸膛的灼热铁球逐渐融化
可以想象，我还将像其他人一样生活？

直到我明白，自己只是迷失于希望与希望之间，
我问过你，无所不知的上帝，为什么要折磨我。
难道是像对约伯那样，在我身上做痛苦耐受试验，
直到我承认，自己的信仰本为虚幻
然后说：你和你的裁判都不存在，
大地上统御万物的皆是偶然？

你怎么能
对这同时发生的十亿倍的痛苦视而不见？

我想，如果人们因此不再相信你的存在，
那他们在你的眼中应该值得称赞。

但也许正是因为，你的怜悯广阔无边，所以降临世间
只为对凡人的感受亲身体验。

忍受为罪恶被钉上十字架的痛苦，但那是谁的罪恶？

此刻我向你祈祷，因为我不会不祈祷。

因为我的心追求你，虽然我知道，我的病你治不好。

就该如此，让那些受苦的人接着受苦，同时传扬你的美名。

第二空间[1]

天国的门厅如此宽敞！
踏着空中的台阶走向它们。
白云之上，悬挂着天堂的花园。

一团灵魂从肉身撕裂于是高飞。
它记得有所升腾。
也记得有所坠落。

是否我们真的已丢失，那个信仰的空间？
是否它们已销声匿迹，天堂与地狱？

没有神秘的草地，何以与救赎相遇？
那些恶魔又何以寻找相配的住处？

让我们一起哭泣，为这深重的损失悲叹。
让我们一起用炭抹黑自己的脸，披散了头发。

让我们一起哀求它重归我们，
那个第二空间。

1　编者按：以下6首译者为朱赢。

同　窗

我走向她，手握含苞的玫瑰。
我骑着车，因为那是一段长长的旅途。

通过迷宫的自动扶梯，从一个坑到另一个，
与几个幻影似的妇人同行。

她穿梭在红毯上，迎宾，
脖颈如素白无瑕的百合花。

请在此屈膝，她说，坐我身旁，
我们将要谈论善与美。

她天生禀赋，作诗成癖。
曾在另一国度，一个迷失的世纪里。

那时她常戴狼牙图案的学生帽，
母校的徽记绣在天鹅绒中。

当然她已婚，有了三个孩子。

谁能追踪这些细节？

那梦境难道意味着我渴望她？
或者只是为她从前的身体哀怜？

我只沦落到去细数她零散的骨头
是否只因在那群来自旧世纪的青年人中，我是最末的一个？

坠入但丁的幽谷
在临近天使长的某地或在哈萨克斯坦？

她应该已被埋在罗萨的公墓中，
但厄运无疑把她带出了那个小镇。

守护天使

我梦中的守护天使是一副女人模样，
不总是同一个。他懂我，一具造物，肉体凡胎，
亟待一个爱人的轻抚。我们并不做爱，
但彼此亲密，默契无间。

我未曾相信天使存在，但梦已然更改。
近来，当我发现一个满是财宝的地下洞室，
当我们一起挪动藏宝袋，我恳求他，
让这赐我以平和的梦延时片刻。

堕　落

关于自我的高级概念已被摧毁
借由镜中的一瞥，
借由年老的无能，
屏息盼望某些痛苦
不再重现。

为此，无数众人感到羞辱，
包括其他世俗的造物
谁看似能凭极好的谦逊精神忍耐：
一只猎鹰不再能敏捷地抓住一只鸽子，
一只瘸腿的鹳鸟被它的族群判决驱逐，它们飞升远去。
四季的年轮，陷入泥土。

天界的神力对此有什么可说？
他们在午后散步，他们通告。
此处是我们，彼处是所谓的自然王国。
更糟的却是，拥有意识或缺乏意识？
好吧，伊甸园没有镜子。

新时代

我的肉身无意执行我的指令
它失足于一条径直的小路
为拾级而上 它历经艰辛
对此我报以嘲讽 我冷笑
笑我松垮的肌肉 拖沓的步伐 笑我的盲目
笑对一切深沉往昔里的参数

所幸我仍在夜晚作诗
尽管那些在清晨所写下的
在随后的白天里我就不能理解
放大的电脑字符来援助我
我设法足够长命才看见了 那些字符
就是一种好处

层叠的人

每当太阳升起
就照亮愚蠢与罪恶
它们在记忆的角落隐匿
又在正午隐形。

此处行走着一个层叠的人。
在他的上层　一种清晨的脆嫩
其下　几间暗室
进入令人恐惧。

他请求宽恕
向那些缺席者的灵魂请求
就是那些在下层深处　在被掩埋的咖啡馆桌子前
叽喳的人。

那个人在干什么？
他害怕一个判决，
例如，此刻，
又或是，身后。

若昂·卡布拉尔诗选

João Cabral de Melo Neto

[巴西] 若昂·卡布拉尔·德·梅罗·内托

胡续冬　译

【诗人简介】

巴西自1922年现代主义发轫以来不乏手艺精湛、影响深远的诗人，比如宣称绝对不写“弯腰驼背的抒情诗”的曼努埃尔·班德拉，传递里约热内卢日常情感经验的“公众的玫瑰”卡洛斯·德鲁蒙德·德·安德拉德，作为巴西流行音乐教父的激情诗人维尼休斯·德·莫拉伊斯，致力将诗歌语言和视听艺术相结合的奥古斯都·德·冈波斯和以诗歌对抗军政府暴政的费雷拉·古拉尔，等等。但在其中，最具诗艺创造力、为葡萄牙语的诗歌表现力注入了最多可能性的，当属若昂·卡布拉尔·德·梅罗·内托（João Cabral de Melo Neto，1920—1999）。

卡布拉尔生前便被视为大师和活着的经典，他是巴西20世纪后半叶最重要的诗人，巴西现代主义诗歌的集大成者。越来越多的诗人和学者将他与20世纪上半叶的葡萄牙诗人费尔南多·佩索阿相提并论，称他们二人为葡萄牙语现代诗歌的双璧。

卡布拉尔出生于巴西东北部伯南布歌州的首府累西腓的一个庄园主家庭，童年在历史活化石般的伯南布歌州甘蔗庄园里度过，这使他的不少诗歌都涉及此期记忆，具巴西东北部贫穷腹地的地缘情结。1945年始，他开始了外交官生涯，除1952—1954年中止，后持续从事外交工作至1990年。1945年，他出版了第二本诗集《工程师》后，诗歌声誉鹊起，至1954年出版第一部诗文集时，已被看作二战后巴西诗人的领军人物，被誉为第三代巴西现代主义者“45一代”的灵魂。1968年，诗人出版有《诗歌全集》，1994 年扩容再版。卡布拉尔篇幅最长、最知名的作品诗剧《冷峻者的死与生》被巴西最伟大的流行音乐作曲家谱曲并搬上了舞台，使得原本曲高和寡的他竟得以广泛“流行”。

卡布拉尔和造型艺术渊源甚深，在他的第一本诗集《沉睡的石头》里，便展示出了超现实主义绘画对他诗歌语言的深刻影响：某种在逻辑关系微妙的梦境里开掘语言透视功能的能力；在他标志性的诗集《工程师》里，我们可以看到，诗人以精密而整饬的结构、牢固而具备良好的通风性的构词、怪异却明亮的风格在向他所热爱的建筑大师勒·柯布西耶和苏联构成主义致敬。卡布拉尔的诗艺探索是深度的现代主义实验：在摈除诗歌表层情感的前提下，以冷静、严谨的姿态在巴西葡萄牙语内部进行元语言的探索和新形式的建构。诗人以“诗歌工程师”自居，冒着违反“师法自然”之大不韪，将最理想的写作描述为“操纵着具有复杂的动力装置的诗歌机器”，这种文学诉求深切地影响了 1945 年之后的巴西诗歌。

卡布拉尔多次获得诺贝尔文学奖提名，荣获多种奖项，包括葡萄牙语国家最高文学奖项卡蒙斯奖（1990），美国诺伊斯塔特国际文学奖（1992），巴西最高国家文学奖雅布蒂奖（1993），伊比利亚美洲索菲亚女王奖（1994）等。他去世后，有论者称此“给巴西当代诗歌造成了一个巨大的断裂，这一似乎永无可能填充的断裂将会揭示巴西当代诗歌的重重问题。确切地说，事实上，他没有任何替代者或者直接的衣钵继承者。这是他那令人绝望的风格独特性所造成的，那种刀子的风格、叶片的风格。他的泛现实主义的反抒情的语言之无比尖利，像沙漠一样干燥、灼人”。

伯南布哥的海岸

大海在沿着陆地扩展
通过一波接一波的海浪
它们渐次展开，直到出现了
另外的大海的干燥的浪

那些沙之浪，靠前面一点，
在泥滩上渐次展开，
接着展开的是枯草之浪
疯狂的龙爪茅，叶片像锉刀

蔗田里的甘蔗浪也渐次展开
展开的浪通常触发了更多的浪
在更加遥远的地方，地平线上
一片平坦的原野也在展开

就好像一切都是大海
涌动着更多的波浪，展开了
与一片尖锐的绿、与卫生学相近的
同样一方自然界：

一切都在东北上空
铝一般的太阳之下，
没有任何事体可以把星期天
带进荫凉之中

一切都在布满金属矿的天空下
它组织着石头内部的冷漠
包围了那一整片地方：
和产下婴儿的洞穴一模一样。

累西腓的旅游广告

这里的海就是一座山
匀整、圆润的蓝色的山，
比礁石和南边平坦的滩涂
还要高出几分。

在这段海岸，从这片海里
你们可以抽取出
一丝精确的、数学一般
或是金属一般的阳光。

在老得、颓得、狭长得
都恰如其分的城区里
在河的两边，都挤满了
石灰质的肩膀。

借着倾颓，你们可以学到
什么是成熟：在建筑里
亦有一种写作中的
轻盈的平衡感

在这条贫瘠的河里
血一样的泥浆缓慢地
在水泥和硬化症之间循环
它的流动可以忽略不计，

那些呆滞的人群
被这条黏稠的河所裹挟
他们正在死去，内心生活
在一丝一缕地腐烂

你们可以学到，人
始终是最重要的度量衡。
但是：人自身的度量衡
不是死亡而是生命。

海和甘蔗田

海的确向甘蔗田学到了
它的诗句里地平线般的雄辩，
成捆的田园气，不间断，
大声说话和相应的安静。
海的确没向甘蔗田学习
在激情的潮汐中上涨，
用锤子猛杵海岸，
碾碎沙子使其更像沙子。

甘蔗田的确向海学到了
在匍匐的波纹中前进，
小心翼翼地扩散，从汁液开始
一个洞接一个洞地伸展到甜的潮汐。
甘蔗田的确没向大海学习
甘蔗膨胀时的无限感，以及
扩散时没有那么沉重的、
海的大片大片的节制。

甘蔗田和海

海的确教会了甘蔗田
在匍匐的波纹中前进，
小心翼翼地扩散，从汁液开始
一个洞接一个洞地伸展到甜的潮汐。
甘蔗田的确教会了海
它的诗句里地平线般的雄辩，
成捆的田园气，不间断，
大声说话和相应的安静。

海的确没有教甘蔗田
在激情的潮汐中上涨，
用锤子猛杵海岸，
碾碎沙子使其更像沙子。
甘蔗田的确没有教海
甘蔗膨胀时的无限感，以及
扩散时没有那么沉重的、
海的大片大片的节制。

被石头教育

被石头教育：一课接一课；
学习石头，经常去它那儿，
抓住它不太突出的、没有个性的声音
（通过它开始上课时的措辞）。
一堂道德课，它的冰冷的忍耐
在体内反复流动，被锤子砸着；
一堂诗学课，它的具体的肌体；
一堂经济课，它简洁地紧凑着：
石头的课程（从外到里，
缄默的手册），供人拼读。

另一种石头的教育：在东北腹地
（从里到外，还没有教学法）。
在腹地石头不知道怎么授课，
如果它授课，它什么都不教；
在那儿向石头学不到什么：在那儿，石头，
天生的石头，砸穿了灵魂。

工程师

光、太阳和自由的空气
包裹着工程师的梦。
工程师梦见明亮的事物：
面积，网球，一杯水。

铅笔，角尺，纸张；
草图，方案，数字：
工程师琢磨着正确的世界，
那里无须任何帘幕来遮蔽。

（有几个下午我们登上了
那栋楼。每日所见的城市
像所有人都在阅读的一份报纸，
它拥有了一个水泥和玻璃的肺。）

与河流相邻，上方是云，
水，风，明亮
将这栋楼置身于自然之中，
凭着简洁的力量，楼在生长。

水的模仿

在床单的一侧，
已有如此的海景。
你就像是一簇
躺在海滩上的波浪。

一簇正在停下来或者
更好一些，正在隐忍中的波浪：
它会在一瞬间容纳下
它的液体树叶的低语。

一簇恰好在
波浪的眼皮从它自己的瞳孔前
耷拉下来之时
停下来的波浪。

一簇在成倍增长时
被扰乱的波浪，它会
自己停下来，一动不动，
停在它浪尖的高度上

并使它自己成为一座山
（在地平线上耸起，固定下来）
但在变成山时
它仍将继续是水。

一簇将在有限的海滩之床里
保持其无尽的天性
的波浪，它与大海
分享着无尽；

在它的静止之中
似有诸多的不确定，
有一种涌动的馈赠，
能使得水变得阴柔至极。

而你从液体之中
复制了深水之下的天气、
阴影中的亲密以及
一个拥抱，确凿无疑。

蔗糖的精神分析

1

水晶般的蔗糖，或者工厂里的蔗糖，
展示了白色最不稳定的一面：
累西腓的人很清楚地知道这白色
只能持续多么短暂的时间。
知道在最最短暂的时间里
水晶就能成形，蔗糖顶端的水晶，
凝结在古老的背景、在那些粗糖
那些黏稠地转化着的粗糖之上；
知道一切都会在最最短暂的时间里
被破坏，水晶具备批评的能力：
因此最深处的粗糖即刻浮现了出来
它盼望着地狱或是夏天将蔗糖玷污。

2

只有小作坊的还在从

混有泥浆的天然蔗糖里提纯；

大工厂已经不这样做了：它教育蔗糖，

从蔗糖的幼年，而不是从它的成年开始；

在真空和涡轮机的医疗站里，

在工业人士的金属手掌中，

大工厂把糖浆中的褐色提升成

水晶中的颂歌：它不提纯糖，它治疗糖。

但是，由于甘蔗如今仍需要

农业人士的泥浆手掌来种植，

黏稠的前幼年时代即刻浮现了出来

它盼望着地狱或者夏天将蔗糖玷污。

针

1

在东北海滩上，一切都在忍受着
各种最纤细的针状物的锋芒：
首先，是阳光之针的锋芒
（令眼睛和裸露的皮肉感到刺痛），
阳光熔进这片天空中坚硬发蓝的
金属里，熔进坚硬的光亮中，
再被石头一样坚硬的海磨尖，
那海里连闪亮的鱼都是坚硬的，像锌。
其次，是空气之针的锋芒，
在柠檬酸的海上被信风蒸着，
像是在消毒，消毒以后的空气之针
就可以刺入垃圾和生灵的地界。

2

然而，在东北海滩上，
并非所有事物长着针、薄成片：

比如，经常造访这里的信风
并没有在风袍下藏着兵刃。
风到其他地方经常带着
金属制成的匕首，无比傲慢，
在东北风吹得很清新：钝得
像棉花一样；弯曲、柔软的风。
即使在八月，灌木丛的轻风
生长成米卢埃拉丛林风，
风一拳砸进了金属之中：
尽管很有力，但总是钝的。

腹地农民在说话

1

腹地来的农民变着腔调说话：
从他嘴里出来的词语像是包装好的蜜饯
（糖做的词语，丸状），裹在光滑的
语调的糖衣里面，变得更甜。
但在话音的底层，石头的内核
依旧尖利，来自岩石之树的石头杏仁
落回了他的家乡：
它只能在石头中表达自己。

2

正因此，从腹地来的农民很少说话：
词语的石块磨烂了嘴，
用石头的语言说话是疼痛的；
使用这种语言的当地人说话都用尽全力。
正因此，他说话很慢：

他必须小心地搬运词语，

他必须用舌头使词语变甜，使它们变成糖；

你看，这工作多耗时间哦。

拣豆子

1

拣豆子和写作紧密相连：
把豆子放进盛满水的陶盆里
就像把词语放在一页纸上；
然后，扔掉浮起来的豆粒。
没错。词语在纸上漂起，就像
在寒冷的水中，只有动词坠入水底。
因此，为了拣出豆子，要把它们吹干，
吹走轻飘的、干瘪的，吹走枯草和回音。

2

现在，拣豆子的活儿变成了冒险：
在那些结实的豆子之间，仍可能混有
别的东西，石子儿或者不可消化之物，
难以咀嚼的颗粒，会把牙齿崩裂。
不一样的是，在挑拣词语的时候，

石子儿会是一个句子里最有活力的颗粒：
它堵塞了顺流直下的阅读，使其左右游移，
它以冒险为诱饵，刺激我们的注意力。

赫鲁伯诗选

Miroslav Holub

[捷克] 米罗斯拉夫·赫鲁伯

徐伟珠　译

【诗人简介】

米罗斯拉夫·赫鲁伯（Miroslav Holub，1923—1998）是当代捷克最具国际影响力的诗人。他的诗歌已被译成世界上40多种不同文字，特别在盎格鲁-撒克逊世界，赫鲁伯更是名震一方，卓尔不群。他的诗集大多有英译本，在英格兰南部有个诗人俱乐部就干脆以他的名字命名。作为免疫学科学家，赫鲁伯在科学领域的研究同样出色，毕生撰写了150多篇学术论文，出版有科学专著，曾被美国的欧柏林学院授予荣誉博士学位。

1923年9月赫鲁伯出生在捷克比尔森。青年时代正值二战时期，大学关闭，他在铁路上打工。战争结束，他就读于布拉格查理大学医学院，1953年获医学博士学位，1954年进入捷克斯洛伐克科学院微生物研究所工作。1958年取得哲学博士学位。“布拉格之春”后，1970年被研究所除名，两年后在药物临床实验研究所谋得职位。1994年他重返科学院工作，1998年7月去世。

赫鲁伯的国际声誉由其诗歌奠定，他创作实绩丰厚，先后出版有16本诗集和10本散文随笔集。赫鲁伯属20世纪50年代捷克“五月”派一代诗人，1947年开始发表诗歌，35岁那年推出处女作《日班》，这本集子凸显了“日常生活诗”的特点；其后逾10年间他出版有从《阿喀琉斯和乌龟》到《事件》9本诗集；1982年出版《相反》，收录了1971—1981年间的诗歌创作，1988年出版的《镞型剖面》是一本诗歌选集，1998年出版的《西西弗斯的诞生》收录了1989—1997年间创作的所有诗歌。

赫鲁伯在诗歌创作和诗意展现上匠心独运，别具一格。知性诗创作是他的典型风格，他的自由诗风格接近散文。他回避传统的抒情方式，立足于知性和思想，否定主观的个人感受和倾诉，以科学家的理性目光分析和审视世界，用准确的文字表达内心想象，把诗意深藏在准确表达的美学思维里。他的诗犀利简明，画面清晰，言之有物，唯有事实在诉说，如一幅幅简约的木刻版画；诗篇架构合理，诗句笃实古朴，语义清晰，具逻辑性，又富含智性、幽默和超现实主义元素，常令读者忍俊不禁。作为科学家和医生，赫鲁伯的诗时刻透出专业的背景，比喻准确明晰，直白而有哲理，力求在科学伦理中，通过准确的表述，凸显众多的生活现象，揭示其内在深刻性，这可谓是他诗歌创作的本质特点。诗歌与科学的趋近与结合是赫鲁伯对现代诗的诠释，他希望诗歌具备认知和批判的尺度。

赫鲁伯的诗歌虽受超现实主义影响，略显奇特，但通俗易懂，也没有翻译难度。他坦言，他最愿意写诗给那些从不触碰诗歌和文学的人看。关于易译，他说："我的诗容易翻译，因为诗句没有依附于语言形式。这是科学给我的影响，因为科学是不必依附于文字的。科学现在走出了比喻的时代……已发展到了象征语言的年代……捷克读者是很注重语言形式的。我不属于那种类型，我更关注最终画面和最终的思想。诗歌的跳跃性吸引我，这是诗的核心……诗歌对我来说是对话，是人与人之间的交流，在这种交流中我力争让自己明白易懂。"

病理学

这里，在主身上躺着
可怜虫们的舌头，
将军们的肺，
告密者的眼睛，
殉道者的皮肤，

在显微镜玻片的
绝对里。

我正翻阅《旧约》的肝片，
在人脑的白色纪念碑上读到
象形文字
解析。

看哪，基督徒们，
天、地狱和天堂
在一个个瓶子里。
没有哭声，
也无叹息。

只有尘埃在呻吟。

历史沉默，
由毛细血管
过滤。

平等无语。友谊无语。

而来自凡人苦难的三色绶带
我们将智慧线
日复一日
抽取。

傍晚她死了

飘摇地，飘摇地

最后的一句话徘徊在天花板上
似一朵浮云。
餐具柜哭了。
围裙颤抖着
仿佛覆盖了一个深渊。

结束了。年轻人睡去了。

然而子夜时
死去的女人爬起来
吹灭了蜡烛（燃着是浪费）
飞快缝补好最后一只长袜，
在一个肉桂棒里
找出她的五十克朗，
放到桌上，
找出卡在壁橱后面的剪刀，
找出那只手套，

一年前丢失了的，

检查了所有的门把，

拧紧水龙头，

喝完杯子里的剩咖啡

然后再倒头躺下。

早上她被运走了。

去火化。

骨灰粗糙得

像

褐煤灰。

发　明

身穿白袍的智者们在盛宴上走上前，
历数自己的业绩，国王盖洛斯侧耳
倾听。

噢，君王啊，第一位说，我为御座发明了
一对翅膀。您勤政时将天马行空。——所有
议员欣然鼓掌，此人得到了重赏。

噢，君王啊，第二位说，我发明了一条
骁勇之龙。它将主动击溃您的敌人。——所有
议员欣然鼓掌，此人得到了重赏。

噢，君王啊，第三位说，我发明了噩梦
抓捕器。再无什么能打扰您高贵的睡眠。——所有
议员欣然鼓掌，此人得到了重赏。

只有第四位说，在这一整年里
我一事无成。我做什么，
败什么。——议会一片寂静，

智慧的国王盖洛斯沉默不语。

后来发现，那第四个人是
阿基米德。

门

去吧，把门打开，
　　也许外面有
　　一棵树，或一片树林，
　　或一个花园，
　　或者一座神奇的城。

去吧，把门打开，
　　也许有一只狗在挠门。
　　也许你会看见一张脸，
　　或者一只眼睛，
　　或者一幅
　　画中画。

去吧，把门打开，
　　如果门外有雾
　　它会坠落。

去吧，把门打开，
　　即便只有

滴答作响的夜色，
即便只有
空洞的回响，
即便
那里
　　什么也
　　　　　没有，
去吧，把门打开。
至少
穿堂而过的风
会在。

关于准确性的简短沉思

鱼类
总能准确地洄游到相同地点
在相同时间
连鸟类也有内置的定时器和
地球仪。

那人类呢，
被剥夺了本能，只能借助
科研活动。就其本质带出
以下一个故事。

一位士兵
每晚六点必须准时鸣炮。
作为军人他执行命令。在被检查
准确性时，他说：

我严格遵照
绝对精确的天文钟，它就摆在镇上
钟表匠的橱窗里，每晚五时四十五分

我对着它校准腕表，然后
跑上山，大炮已严阵以待。
在五时五十九分我及时靠近大炮，
六时整点鸣炮。

毫无疑问，
这种鸣炮方式绝对精确。
只有那个天文钟需要检查，
连同镇上那位钟表匠
接受询问，关于他那台
仪器的精确性问题。

哦，钟表匠回答：
这是史上最精确的仪器。
试想象，多少年来，
此地每晚上六时整准时鸣炮。
而我每天都会看一眼这台天文钟，
每一次它恰好都显示六时。

准确性的话题到此打住。

鱼儿在水中畅游，天空传来鸟群

振翅之声，此刻

天文钟嘀嗒，大炮轰鸣。

对于洪水的简短沉思

我们始终以为，洪水意味着
水涨船高时，
水位越过所有界限，淹没
草地，树林，丘陵，山麓，
我们临时的和永久的住地。

因而
男人，女人，德高望重的老者
还有摇篮里的婴孩，包括
田野和林中的野兽，
地鼠和矮树妖
在剩下的岩石上挤作一团
慢慢沉入汹涌洪流。

而只有某一方舟……唯
那只亚拉拉特[1]……谁知道呢。
关于洪水的起因众说

---

1 亚拉拉特：土耳其最高峰。《创世纪》记载，诺亚方舟在大洪水时，最终就停泊在亚拉拉特山上。

纷纭。历史本身就是科学
基于错误的记忆。

这种样式的洪水让我们掉以轻心。

一场真正的洪灾
看上去更像一个泥潭，
类似近处的沼泽地，
像一只漏水的浴盆，
像沉默，
像一无所有。

真正的洪水是人们
口中不断冒出气泡，
而我们以为那是
在说的话。

遥远的哀号

在阿尔萨斯，
1885 年 7 月 6 日，
一头疯犬扑倒了
九岁的约瑟夫·迈斯特
连咬了他十四次。

迈斯特是第一位被巴斯德
用他研制的疫苗
挽救了性命的病人，注射了
十三次逐渐加大剂量的
稀释病毒。

十年后巴斯德去世了
死于脑溢血。
五十五年后
看门人迈斯特
自杀身亡，
当德国人强占了
巴斯德的研究所，

包括那些可怜的狗。

只有病毒，
流传后世。

死　人

第三次手术后，随着心脏
像庙会上被射得千疮百孔的老靶子，
他在床上醒来
说，现在我没事了。
生气勃勃像向日葵。你们有谁见过，
马如何交配？

当天夜里他死了。

另一个战战兢兢
无滋无味活了八年，
如同泡在酸水中的水藻，
好比墓地墙后苍白的面孔
戳在一根铁钎子上，
直到那张脸最终消失。

他们俩俨然被死亡天使
钉了铁掌的鞋
跺了细长的脊髓。

我知道他们都死了。
只是无法相信，两人
都跟死人一样。

混凝土

灰色的火山之星：

混凝土的阴影，混凝土的大地，

混凝土的天空，混凝土的树林，

混凝土的跷跷板，混凝土的柔情。

几把破旧阳伞

扮演起角色。小丑代表龙，

龙变为小丑。噼里啪啦

天使们从天空坠落。

一袭法袍的法官们在混凝土大门边

等待野蛮人到来。然而野蛮人

现在已没有了。

只有一个石头一样的统领

掀起我们皮肤的墓碑

在垂直的黑暗里哀嚎。

混凝土的墙体。混凝土的思想。

混凝土的精液。混凝土的头发。

当我们相互亲抚时，沙子哗哗剥落。

需要好一点的

混凝土了。

血液已经够多。

西西弗斯的诞生

脚底下是血，
头顶上是母亲
心脏的回声。

赤身躺在裸露的大地上。

血液中将生成巨石，
母亲变为山峦。

众神将背弃而去，
宗教弥散在风里。

出生证无影无踪
指甲钳也被人偷走。

病毒像刺槐肆虐着电脑，
关机，把迈克尔·杰克逊打开。

城市上空的雾霾，将如同婚礼上的蛋糕
醉汉的嘶吼淹没了苏尔维格的歌。

遍及全球的哀号快来了
坚实的冰山也将腾挪。

一旦雪崩倾泻而下，
那是世界末日，然而
夜班依然交接夜班，
脚踏入泥浆里，
爱让人联想到死亡。

在罪孽的土地上本有罪，
西西弗斯。

他叫什么来着？

娄岱森诗选

Hans Lodeizen

［荷兰］汉斯·娄岱森

汪剑钊 译

【诗人简介】

汉斯·娄岱森（Hans Lodeizen，1924—1950），原名约翰内斯·奥古斯特·弗雷德里克·娄岱森，出生于荷兰阿姆斯特丹远郊的纳尔登镇。父亲是一名商人。第二次世界大战以后，娄岱森曾短暂地在莱顿大学攻读法律，1947—1948 年，在马萨诸塞州的阿默斯特学院学习生物学，在那里结识了美国诗人詹姆斯·梅瑞尔（James Merrill，1926—1995），后者是“垮掉派”诗人的重要代表之一，其革命性的艺术追求和跳跃性的写作风格对娄岱森产生了积极的影响。多年以后，梅瑞尔在一篇纪念文章中称娄岱森为“一个聪明、仁善、喜欢僻居但极度缺乏安全感的人”，并且将后者的不少诗作翻译成了英文，引起了人们对他的广泛关注。

不过，由于前卫的意识和实验性的艺术追求，青年娄岱森的诗名起初仅在极小的圈子中被认可。1949 年，娄岱森出版了自己的处女作诗集《内包装》。这部诗集属于“诗体日记”式的写作，实际上也是作者生前出版的唯一一部诗集，出版后马上引起了批评界广泛的注意，被认为代表了荷兰现代诗所出现的某种新的倾向，而后又被称为“50 一代”诗人的一个先声。遗憾的是，翌年，诗人“壮志未酬”，便死于白血病，年仅 26 岁。身后，朋友们帮助整理了他的遗作，以《内包装及其他诗作》为名于 1954 年出版。

他的作品在创作风格上体现了超现实主义的自由写作特征，

具有很强的印象性和日常性，善于将形而上的深意非常隐蔽地嵌在平凡而琐碎的表象之下。诗人非常善于运用远离外部世界的抽象性来代替某些社会性主题，同时也会运用植根于自我的个性化声音进行诗歌内部的探索，在书写脆弱与敏感时隐晦地表现了对生活的渴望和对死亡的思考。值得一提的是，为追求诗歌内在的创造性，诗人故意省略在散文句式中需要标示的各种标点符号，以至于出现了全诗仅有一个句号或三两个逗号的情况。显然，这种有意为之的简化，其目的在于扩展符号和语言之间的任意性，颠覆读者的阅读习惯，力求最大可能地实现自己的诗歌意图。

城市——这是一出木偶戏

与你同在的幸福
在往昔；轮船的汽笛
在未来，我作为一名水手
透过舷窗
思考着海洋

一只手中的一切不足以
将自己的灵活性奉献
给与你同在或你不在的幸福
作为一名舞者将任性的满足通过心的
门槛带到我们的眼睛底下

倘若我带上那样的纸袋
那样的存钱罐放入就可以把事实
装进箱子在小船上
包装濒死者最后的快乐
就可以在永恒之浪中遗忘。

这一切经常如此

这一切经常如此这一切
被精确地安排：孩子们
在池塘的岸边玩耍
马匹在翻耕土地
火车在钢轨上行驶。

到处是城市

一座城在建筑群的上空摇晃

早晨在屋顶上漂浮
漂向城市
太阳在建筑中间升起来
伴随鸣钟的音乐
人们在黑暗中散步
十一点钟

太阳把光线注入屋顶

在远方的海滨
天空之海安静地躺着
铃铛的船只在海中
闪烁

在城市的大肚子里
我们啜饮咖啡

而城市挂起白帆漂浮得更远。

我领悟了生活的形而上学

1

我领悟了生活的
形而上学
在那个有弹力的时刻
我握起月亮像一个皮球
握在手心

那时一切变得轻松
如同黄昏的微风；
一根线在树木中间悬挂
我的问题击打
天空如同敲击钢琴的键盘。

永远没有答案。

2

我们的状况毫无希望

幸亏我们很快
将死去我将回忆起
我在海洋在大陆的旅行
而黄昏打扮得很漂亮

我将在其他国家
在里约热内卢巴黎罗马
在卡萨布兰卡散步
每个黄昏与一位男子一起
含着雪茄时而笑时而哭

我将四处闲逛。

你　听

你听：

当我尚在与他一起
生活，我们编织和拆解
一起创造世界
他的眼睛也是我的眼睛
他白皙的双手
我赞美雪花
在雨中欢笑

当我正午在他的房间
度过而在他的体内
行走或端坐，读书
或者睡觉，当我知道他耳朵的
路径和漂进他眼睛的
河流，当我在嘴唇上
奔跑玩弄他的双手
那么，经常遇见的是自己
时而笑时而哭，诉说什么。

但是，

秋天来临，他走了

而今我自己也不是自己，我随他而逝

我把自己的手伸向他的双手

我掉进腋窝我迷失于他的眼睛

我在他的耳朵里被缠绕

我迷失于他的体内

在他的体内淹没。

柔软的黄昏

1

柔软的黄昏像一只手
抚摩我的身体提醒
再没有比饭后比深夜之后的
宁谧更大的慰藉，
再没有比从大地千万朵花
和一抔抔泥土编结的
无瑕的我们梦之织品更好的宁谧，

我不再祈求；在旧字母的影子下
我的表姐妹沿着花园
奔跑黄昏在屋顶上呼喊
我知道一切将变成象牙的颜色
直到黑夜用它的手捂住
窗口和钟表缓慢的嘀嗒响：
天暗下来我开始哭泣——

2

但你再也不要寻思，不要
寻思那些挥霍掉的钟点
它们吠叫如远处的狗
你不要再相信春天的气息
不要再寻思海洋
很快我们都将死去
谈什么回忆？谈什么爱情？

夏季一个炎热的白昼

夏季一个炎热的白昼

他

将各式各样的忧伤

淹没在自己的体内

但恐惧

戴着礼帽拄着一把伞

在前厅等待着

忧伤的柔性

在纯净快乐的世界里，
我遇见了她，微笑着，
她说道：那就是曾经的爱情，
我倾听，在树木中间，
我点头同意，我们久久地漫步
在安静的花园。

宇宙出自纯净的波浪，
我以无生命的躯体沉溺其中，
愈深，在我的头顶
水就愈加聚拢，而在某个瞬间
我感到了鱼儿的触碰，
在安静的海洋。

别了，我对她说道，
她微笑：我们还会再见。
但风刮来，击打
水中她的脸，
我点头同意，消失于
安静的生活。

我真的那么糟糕

——致卡尔普教授[1]

我真的那么糟糕
像父亲所说？……只要
我一听音乐，透过月光
潺潺的小溪从我的肩膀上
流淌下来……

“你使我遭受的那种痛苦
我一辈子都不会忘却”

他说的话语石头般坠落
在纤薄的蓝色黄昏
风从白桦树中流泻出来
填满露台仿佛美酒注满酒杯。

有时希望如同火苗
被薄暮的窸窣声所熄灭。

1　卡尔普教授：荷兰人，生卒年不详，娄代森的朋友，精神病学专家。

我是大地上最无辜的野兽

我是大地上最无辜的野兽
我和夜同眠我的身体与它缠绵
夜在我的心脏里逐渐膨胀

在你手指的织布机上
我挑剔地编织孤独的夜
五颜六色变幻无穷

我了解孤独的一切眼泪
请击打我将我打开
我是一朵快乐的玫瑰

快来吧请相信我
我在风中播撒星星

仿佛满载而归的船只
在吝啬的海洋上

但是你并没有来
我悄悄地关闭自己

树叶悬挂

树叶悬挂
如同树木上的一串珍珠
而空气好像一个杯子
装满非哺乳动物的乳汁
在宇宙之内那么遥远
我感到了身体的
不朽在绿色卫护的
鲜花之芬芳里
绿色的星期一我屋墙的
臭气，它们尖声叫喊
因为它们应该死去
白色的孩子
他的眼泪快乐地
跳舞并如此痛苦地
滴落在旅程中
因为
死亡如此之近。

内包装

我将说出我的爱情
我的绝望产生的原因
我将居住在自己
身体的房间里述说
我为什么喜欢自然风景

我把一只手
摆放在阳光下，用手指
拆解彩虹
我拥抱风
并聆听夜的小贝壳

我用你的身体
描述自己的身体而在你的眼中
如同在多棱镜中我看见
被破解的世界，秘密的角落，后面
有无限长的梯阶伸向黑黢黢的地下室

我会说我的身体
是塔楼，我的双手

在每个夜晚散步而脑袋

被精确计算所以在世界上

我只看见自己的朋友：你和另一个人。

黑暗中的匕首

多么香甜的饮料
让音乐显身
最甜蜜的瞌睡……

我等待并歌唱
仿佛一列火车
快速地通过风景：
几株树木，黄色小屋
忧伤的河流，——飞驰，
在桥梁上滚动；沿着
田野，若有所思——我等待并歌唱
哦我多么不幸。

当钟表嘀嗒作响
黄昏来临；绿色的
火焰在黑暗中歌唱
如同深夜的一根根电报线
如同奔驰的电报线
在狂热地谈论神秘的
事物——随即沉默

当钟表嘀嗒作响。

我的痛苦嘀嗒
一如小小的钟表，
耐心地，哭泣
在约定的时间
以一种匀速
我希望饮尽音乐
我，一个节拍器，希望
死于音乐，如同死于一杯毒酒。

阿米亥诗选

Yehuda Amichai

[以色列] 耶胡达·阿米亥

刘国鹏　译

【诗人简介】

耶胡达·阿米亥（Yehuda Amichai，1924—2000），以色列当代文学的领军人物之一，具有重大声誉及广泛影响的国际诗人。一生共出版 11 部诗集、2 部长篇小说和 1 部短篇小说集。生前获奖无数，其作品先后被翻译成 37 种语言之多，被公认为 20 世纪最伟大的诗人之一。

阿米亥生于德国维尔茨堡，1936 年随父母移居耶路撒冷。他是最早以现代希伯来口语写作的以色列诗人之一。早期作品有优雅、简洁之风，深受伟大的拉合尔（Rachel）和中世纪希伯来诗人什穆埃尔·哈纳吉德（Shmuel HaNagid）的影响，他将前者的私密、沉思、悲剧性，后者的强健、内容广泛两种倾向悉收。阿米亥终生都不是一个实验性诗人，他的诗歌和以色列当代诗歌，都深受美国、英国和德国诗歌的影响，在他这一代之前，以色列诗歌则大多搁浅在早期现代主义的俄国诗人那里。阿米亥和内森·扎克（Nathan Zach）、达丽亚·拉维考维赤（Dahlia Ravikovith）等一道，为希伯来语诗歌发扬出一种新的声音：这一声音结合了白话希伯来语的自然发音节奏，在保持《圣经》语言的肌理和降调的伟大共鸣基础上为其找到新色调，并加以反讽化，阿米亥终其一生都是一个反讽主义者。

阿米亥一生出版的主要诗集有《诗歌》《耶路撒冷之歌和自我》《阿门》《时间》《爱情诗》《伟大的宁静：纷纭的问与答》

《耶路撒冷之诗》《甚至拳头也曾是五指伸张的手掌》《阿米亥：1948—1994年诗选》《开、闭、开》等。

阿米亥诗作多以犹太教信仰、《圣经·旧约》及犹太人的历史记忆、现当代处境为线索，他追问、检测、梳理历史和神话的来源，借此将自己的表达投掷到永恒的虚空之中，面对具象化的历史，将其全然的复杂性纳入作品；时间在阿米亥笔下成为一种具可塑性的物质，像意识一样富有弹性；他回忆的纹理，无论是个人性还是集体性的，都细节分明、一丝不苟、无所不包。阿米亥创造出的那个融国家的历史身份与自身生命为一体的诗意自我坦荡、勇敢、满蓄着矛盾，并始终未曾中断与神圣者无言的对话；阿米亥颠覆性地使神圣构成世俗，世俗亦构成神圣，有时甚至将《圣经》背景和现代经历并置一处进行诗意处理。

阿米亥诗艺高超，想象力丰富奇诡。其诗作透明、清新、深邃而睿智；构思灵巧，富音乐性，隐喻不断爆发、闪烁、出类拔萃；一切情感、思想、经验，都被诗句强化、变形，同时得到天才的礼赞。诗人在探索人类伟大精神世界的同时，表现出了令人叹为观止的语言活力和张力。

葵花田

成熟与枯萎的葵花田
不再需要太阳的温暖，
褐色和明智的它们。需要
甜蜜的阴影，死的
内向，抽屉的里面，一个深似天空的
粗布口袋。它们未来的世界：
一间幽暗的房屋最深处的幽暗，
一个人的体内。

肉体是爱的理由

肉体是爱的理由；
而后，是庇护爱的堡垒；
而后，是爱的牢房。
但是，一旦肉体死去，爱获得解脱
进入狂野的丰盈
便像一个吃角子老虎机蓦然崩溃
在猛烈的铃声中一下子吐出
前面所有人的运气积攒的
全部硬币。

人的一生

人的一生没有时间
花时间去干所有想干的事情。
没有足够的理由
为所有目的寻找理由。《传道书》
实则大谬不然。

人需要爱的同时也需要恨，
用同一双眼睛微笑和哭泣，
用同一双手抛掷石块而后归拢它们
在作战中做爱也在做爱中作战。

憎恨而后原谅，怀念而后忘却，
规整而后搅混，吞咽、消化
历史
年复一年的造就。

一个人没有时间
当他失去他就去寻找，当他找到
他就遗忘，当他遗忘他就去爱，当他爱恋
他就开始遗忘。

他的灵魂历尽沧桑，他的灵魂
极其专业，
可是他的肉体一如既往地
业余。它努力、它错失，
昏头昏脑，不解一事，
迷醉和盲目在它的快乐中
也在它的痛苦中。

人将死去，就像无花果在秋天凋零
枯萎，充满了自己，满缀甜果，
叶子在地上变得枯干，
空空的枝干指向那个地方
只有在那里，万物才各有其时。

像一间屋子的内墙

正如一间屋子的内墙
在历经战火和破坏之后变成了
外墙——
由此我猛然发觉自己，
在生命中走得太快。我几乎已忘记内在
意味着什么。它不会再伤害；
我也不会再爱。无论远近——
它们都同样远离我，
同样遥远。

我无法想象颜色到底怎么了。
就像你不知道人类怎么了一样：亮蓝色
在深蓝色和夜的记忆里打盹，
苍白色
在紫红色梦境之外叹息。一阵微风
自远处送来气味
但它本身并无气味。海葱的叶子
早在白色的花朵枯萎之前就已死去，
这些花从不知晓
春的绿意和爱的晦暗

我举目眺望小山。如今我明白
何谓举目，它是
何等沉重的负担。但这些强烈的渴望，和永—无法—进入—内在的痛苦。

在仁慈的全副凛冽中

数数他们。
你数得清他们。他们
不像海边的沙粒。他们
不像无以计数的星辰。他们像孤独的人们。
在角落里，在大街上。

数数他们。看看他们
目睹天空横过破败的房屋。
穿过石头，出去再回来。为什么
你要回来？但还是数数他们，因为他们
在梦中打发时光
因为他们在外奔波，因为他们的希望被除去绷带
又裂开，因为他们将死于自己的希望。

数数他们
很快他们也学会了读墙上
可怕的字迹。学会在别的墙上
读读写写。而盛宴仍将是无声的。

数数他们。数数在场的，因为他们
已用光了所有的血，而这还不够

就像在一场危险的手术中，当一个人
像一万个人那样筋疲力尽，那样挨打。因为
有什么样的法官，就会有什么样的审判，
除非它是在全然的黑夜里、
在仁慈的全副凛冽中。

一座位于德国的犹太人墓地

丰饶的田野深处，小小的山丘之上，一座小小的墓地，
一座犹太人的墓地，在锈蚀的大门背后，荆棘掩映之中，
已被遗弃和忘却。那里既没有祈祷者的声音
也听不到哀悼的言辞
因为死者赞美的并非上帝。
传来的唯有孩子们的喧闹，他们一边寻找墓地
一边欢呼
每当找到一座坟墓——就像找到林间的蘑菇，
野生的草莓。
这儿又有一座墓！那上面是我母亲的
母亲的名字，上个世纪的名字。这儿有一个名字，
那儿还有！我正要拭掉名字上的苔藓——
看哪！一只张开的手镌刻在墓碑上，这是柯恩家的
一座墓，
他的手指张开，因为上帝的神圣和恩典而一阵痉挛，
这座坟墓深藏在灌木丛中，周围浆果累累
你不得不将它们拂向一边，就像拂去一缕乱发
从你美丽爱人的脸上。

耶路撒冷满是用旧的犹太人

耶路撒冷满是用旧的犹太人，因历史而疲惫不堪，
犹太人，二手，有轻微破损，议价出售。
并且世世代代眼望锡安。所有生者和死者
的眼睛全都像鸡蛋一样被磕破在
这只碗的边缘，使这个城市
醇郁四溢。

耶路撒冷满是疲倦的犹太人，
总是周而复始地被赶去度假，去过纪念日，
像是马戏团里忍着腿痛表演舞蹈的熊。

耶路撒冷会需要什么呢？它不需要一位市长，
它需要一位马戏团的驯兽师，手持长鞭，
能够驯服预言，训练先知急速奔跑
在一个圈子里绕啊饶，教会全城的石头排成队
以一种大胆、冒险的形式结束最后的宏伟乐章。

稍后他们会跳回原地
迎着掌声和战争的吵嚷。

然后眼望锡安，哭泣。

统计学

每一个陷入狂怒的人，总是有
两三个拍拍肩膀使他安静下来的人，
每一个哭泣者，总是有更多替他擦去眼泪的人，
每一个幸福的人，总是有满含悲伤的人
在其幸福时刻试图温暖他们自己。

每天夜里至少有一个人
找不到回家的路
或许他的家已搬到别的住处
他沿街奔波
成为一个多余的人。
一次我和我的小儿子在车站等车
一辆空巴士驶过，儿子说：
“看，巴士里挤满了空荡荡的人。”

孩子也会是别的什么

孩子也会是别的什么。下午
醒来，立刻就嘴巴不停，
立刻就吵作一片，立刻就兴奋，
倏忽是光明，倏忽是黑夜。

孩子就是约伯。他们已将赌注押在了他的身上
而他一无所知。因为好玩
而抓挠着身体。（但）不曾留下什么伤痕。
他们正在把他培养成一个有教养的约伯，
逢主施舍就说："谢谢"。
逢主索取就说："不客气"。

孩子就是复仇
孩子就是一枚射向下一代的导弹。
我发射了他：仍感到周身震颤。

孩子也会是别的什么：在一个春雨霏霏的日子
透过篱墙瞥见伊甸园，
在他的睡梦里吻他，

听见湿润松针上的脚步声。

孩子把你从死亡中解救出来。

孩子，花园，雨，命运。

最后的词语是船长

在我停止生长之后，
我的大脑就没有再长，而记忆
就在身体里搁浅了
我不得不设想它们现在在我的腹部、
我的大腿和小腿上。一种活动档案、
有序的无序，一个压沉一艘超载船只的
货舱。

有时我向往躺在公园的一条长椅上：
那会改变我现在的状况
从丢失的内部到
丢失的外部。

词语已开始离弃我
就像老鼠离弃一艘沉船。
最后的词语是船长。

上帝怜悯幼儿园的孩子们

上帝怜悯幼儿园的孩子们。
他不大怜悯学校里的孩子。
而对于成年人，他则没有丝毫怜悯，
他对他们听之任之，
有时候，他们得在燃烧的沙土上
匍匐着爬向
急救站
鲜血淋漓。

不过，也许他会看顾真正的恋人
满怀慈悲地庇护他们
像一棵树，荫庇在那位躺在
公共长椅上的老人的上方。

或许，我们也可以给他们
几枚所剩无几的、稀有的同情币
那是母亲留给我们的传家宝，
就这样，他们的幸福将会保护我们
此刻，以及别的日子。

在闰年

这是一个闰年，你的祭日愈益靠近
你的诞辰，
还是更加远离？
葡萄满蓄着痛苦，
它的汁液醇厚，像甜甜的精液。

我就像是一个人日间穿越
夜里所梦见的地方。
一阵意外的气息唤回了
经年的寂默所
忘却的。刺槐
在初雨后绽放，而沙丘
多年前尚把它埋在屋子下面。

如今，我所唯一知晓的
是在夜里归于黑暗。我感到快乐
为我所得到的。我所唯一希望说出的，是
我的名姓和地址，或许还有我父亲的名字，
就像是战场上的俘虏，
按照《日内瓦公约》，
无须再有只言片语。

这一切都化作一首舞曲

一个人年岁既长，他的生活就越是不去依赖
时间及其季节的旋律。黑暗有时
就正好落在一扇窗前拥抱
的两个人之间；或者夏天终结于
一场爱情，而到了秋天那爱还在
继续；或者一个人交谈时突然死去
而他的话还留在任一边；或者同一场雨
既落在一个告别后离去者的头上
也落在一个告别后逗留者的头上；或者一个孤独的思想
漫游在一个旅行者的心头
从城市、乡村到众多的国度。

这一切都化作了一首陌生的
舞曲。但我不知道是谁在迎着它起舞
或是谁在哼着曲调。

方才，我找到一张自己的老照片
那是一张和一位死去很久的小女孩的合影。
我们坐在一起，如孩童般相拥

在植有一株梨树的墙前：她一只手
搭在我的肩膀上，另一只手闲放着，而今，正从死者那里
伸向我。

我知道死者的希望就在于他们的过去，
而这希望已被上帝取走。

宁静的快乐

站在一处我曾经深爱的地方。
雨下起来了。雨就是我的家。

我在想那渴望的言辞：风景
伸向无尽的边缘。

我记得你挥动的手
像正在拭去窗玻璃上的薄雾，

还有你的脸，像是从一张模糊不清的旧照上
放大出来的。

我曾经向自己和别人
犯下那可怕的错误。

而这个世界被创造得如此美丽，正是为了在此行善
和休息，好比公园里的一条长椅。

迟暮之年，我发现

一种宁静的快乐

就像一场严重的疾病，等到发觉已经太晚：

而今只剩下一点点时间，留给这宁静的快乐。

一首唱给对方听的催眠曲

有好一阵我确实想叫你上床睡觉
可你的眼睛总是不肯放睡意进去，而你的大腿也
不肯。你的腹部，当我触摸它时——或许也不肯。
现在开始倒着数数，仿佛要发射一枚火箭，
仿佛为了能够入睡。或者正着数，
似乎你就要开始唱一首歌。似乎你就要入睡。

就让我们为对方谱写甜蜜的赞美诗吧
黑暗里当我们躺在一起的时候。眼泪
比所有流泪的理由流得更久。
我的眼睛已经把这份报纸烧成了一团烟
而小麦仍在法老的梦里继续生长。
时间并不在时钟里
但是爱，有时候，就在我们的身体里。

在梦中弃你而去的言辞
是野天使的饮料和食品，
而我们皱巴巴的床
是最后的自然保护区

那里有刺耳的狂笑和青翠欲滴的哭泣。

有好一阵我确实想告诉你
该上床睡觉了
告诉你漆黑的夜晚会被包上衬垫
用松软的红丝绒——就好像
用绘几何图形的工具——
把你体内的一切坚硬层层裹起

我会守着你，就像人们守着安息日，
甚至不是周末也守着你，而且我们会永远在一起
就像在一张新年贺卡上
旁边还有一只鸽子和一部《妥拉》[1]，缀满银粉，闪闪发光。

而我们还是贵不过
一台计算机。这样他们就会不在乎我们。

1 《妥拉》:《旧约》的前五卷，即律法书。

忘记一个人

忘记一个人就像
忘记关上后院的灯，
翌日，那灯还一直亮着

然而，也正是那盏灯
让你又想起了他。

巴赫曼诗选

Ingeborg Bachmann

［奥地利］英格博格·巴赫曼
贺 骥 译

【诗人简介】

英格博格·巴赫曼（Ingeborg Bachmann，1926—1973），当代奥地利著名诗人、小说家。出生于克拉根福特，1945 至 1950 年在因斯布鲁克、格拉茨和维也纳大学分别学习了哲学、日耳曼语言文学和心理学，以论文《海德格尔存在哲学的批判性接受》获哲学博士学位。1952 年，巴赫曼在尼恩多夫参加德国文学社团“四七社”。1953 至 1957 年旅居意大利，与德国作曲家亨策有合作；1958 至 1962 年与瑞士作家马克斯·弗里施同居；1962 年底患抑郁症住院；1963 至 1965 年居于柏林，1965 年底定居罗马，1973 年 10 月 17 日死于火灾。

在维也纳大学就读期间，巴赫曼结识了文学评论家汉斯·魏格尔和诗人保罗·策兰。作为 20 世纪最优秀的女诗人之一，评论家约阿希姆·凯泽誉其诗为“当代德语抒情诗的高峰”。由于诗风的相似，巴赫曼和策兰被称为战后德语诗坛的双星。巴赫曼生前发表的诗集有《延期的时间》（1953）和《呼唤大熊座》（1956），1964 年凭长篇小说三部曲《死亡的方式》等获德国最高文学奖——毕希纳奖。1978 年克里斯蒂娜·科舍尔等人编辑出版了四卷本的《巴赫曼作品集》，第一卷收录了她的全部诗歌。

巴赫曼的诗歌大多为充满隐喻和象征的自由诗和格律诗，洋溢着高度的感性和知识分子的智性，语言细腻而完整，闪烁着生动的警句和新词，富于表现力、形象性和音乐性。她力图使诗歌成为“文字、声音和图像的对话”，将明码和密码相结合营造出朦胧美。有批评家称誉这些传达出了诗人隐秘内心渴望的、语言臻于完美的诗为一种“伟大的纯诗”，即自律的、自我目的的，摆脱了意识形态和倾向性，只以纯粹的词语艺术为指归的诗。但诗人本人更强调诗人应表达对现实生活的真实感受：“诗不是一种姿态，而是一种出自痛苦经验的激动”（评价内莉·萨克斯的《无罗盘》）。她要求诗人以新语言和新思想介入现实，达到认识世界和改善道德的目的：“我们可以用新语言来对付现实，如果新语言能够促进道德和推进认识，而不是只致力语言本身的革新，似乎语言本身就能够带来认识和表明从未有过的新经验。”她提倡一种与策兰的“封闭诗”（Hermetische Dichtung）不同的、介于浅白和隐晦之间的“隐微诗”诗学。作为“四七社”那一代人，她的诗歌充满了道德力量、文明文化批判、不顺从主义和女性主义倾向，探讨了普遍的人生问题（尤其是现代人的生存危机和生存恐惧）和战后德国的现实问题（军国主义和资本主义复辟）。巴赫曼凭其语言优美、意象朦胧的诗歌为德语“封闭诗”和“介入诗”的发展做出了独特的贡献，也给20世纪的世界诗歌以有益的启迪。

大宗货物

夏季的大宗货物已装好，
太阳船停在港口，
你身后有尖声坠落的海鸥。
夏季的大宗货物已装好。

太阳船停在港口，
幽灵们的微笑
爬上船艏雕像的嘴角。
太阳船停在港口。

当海鸥在你身后尖声坠落，
从西方传来沉船的命令；
睁着眼睛你将溺死于光明，
当海鸥在你身后尖声坠落。

延期的时间

更加艰难的日子即将来临。
在规定撤销之前
延期的时间在地平线上显现。
不久你就得系上鞋带
把恶狗赶回沼泽地庭院。
因为鱼的内脏
在风中已变冷。
羽扇豆灯光芒黯淡。
你的目光在雾中滑出第一道轨迹：
在规定撤销之前
延期的时间在地平线上显现。

在那边你的情人沉陷于沙丘，
沙丘围绕着她飘逸的秀发升腾，
它打断了她的话，
它命令她沉默，
它发现她必死
每次拥抱后
她情愿别离。

不要环顾。

系上你的鞋带。

把恶狗赶回去。

把鱼扔进大海。

灭掉羽扇豆灯！

更加艰难的日子即将来临。

桥

风绷紧了桥前的绸带。

在横梁旁
天磨碎了最深的蓝。
在这边和那边我们的影子
在光中变幻。

米拉波桥……滑铁卢桥……
这些名桥怎能忍受
无名者通过？

在没有信仰支柱的
绝望者的敲打下，
群鼓觉醒于河中。

所有的桥都很孤独，
荣名对它们而言很危险
正如对我们，但我们以为
我们感觉到了星斗

在我们肩上漫步。
而在流年的落差之上
我们没有梦的穹窿。

我们最好接受河岸的委托
从此岸到彼岸，
担任日间看守，
不让有资格的人剪断绸带。
因为他能在雾里抓到
阳光之剪，当太阳令他目眩时，
下降的雾就会围绕着他。

影子　玫瑰　影子

在陌生的天空下
影子　玫瑰
影子
在陌生的大地上
在玫瑰和影子之间
在陌生的水面
我的影子

雾之国

冬季我的爱人
和森林动物在一起。
黎明前我必须回家，
母狐知道并且窃笑。
云朵冷得发抖！我的
白雪衣领上落了
一层碎冰。

冬季我的爱人
是林中的一棵树她请
幸福而孤寂的群鸦栖息于
她美丽的枝杈。她知道，
破晓时风会扬起
她僵硬的、镶了霜边的
晚装并把我赶回家。

冬季我的爱人
混迹于鱼群无语。
鱼鳍的潜泳从内部推动

河川，顺应着河水
我站在河畔，
看她潜水转身，
直到浮冰把我赶走。

一只大鸟猎食的尖叫
震动我的耳鼓，鸟翅
扫了我一下，我跌倒
在旷野：她拔光
鸡毛，然后扔给我一根
白锁骨。我匆匆拾起骨头
穿过腥臊的绒毛走了。

我的爱人不贞
我知道，她有时穿
高跟鞋飘然进城，
她在酒吧用吸管喝饮料
深情亲吻一个又一个酒杯，
她口吐媚俗之言。

但我不懂这种语言。

我见过雾之国，
我吃了迷雾心。

爱情：黑色大陆

黑国王亮出猛兽的指甲，
把十个白月亮赶进轨道，
他指挥热带大雨。
世界从另一端看着你！

魔力使你穿越大海来到
黄金和象牙海岸，来到他嘴边。
但你总是跪在那里，
他无理由地拒绝你选中你。

他掌控正午的伟大转折。
空气碎裂，绿玻璃蓝玻璃，
烈日蒸煮浅水鱼，
草在牛群四周燃烧。

目眩的驼队淡入彼岸，
他鞭打着荒漠沙丘，
他脚上冒火要见你。
红沙从你的鞭痕中流出。

他毛深皮厚，黑色，走到你身边，
抓住你，把罗网撒到你身上。
藤萝缠绕着你的臀部，
肥美卷曲的蕨类扼住你的喉咙。

从热带丛林深处：呻吟，叫喊。
他举起偶像。你忘了言语。
甜蜜的木棒击打黑鼓。
你迷狂地凝视你的死地。

看，羚羊在空中飞翔，
一群枣尺蠖停在半途！
禁忌就是一切：泥土，果实，河流……
镀了铬的蛇吊在你胳膊上。

他放下手中的权杖。
请你披上珊瑚，在癫狂中前进！
你可以使王国失去君王，
你本身就很神秘，能看穿他的秘密。

赤道周围的栅栏都倒了。

猎豹孑立于情场。

它从死亡谷跳过来，

前爪划过天边。

词　语

——献给我敬仰的诗人和朋友内莉·萨克斯

你们这些词语，起来，跟我走！
我们已走得较远，
太远，那就继续走下去吧
路没有尽头。

晦暗不明。

词语
只能生发
另一些词语，
句子激发句子。
语言对世界进行
格式化，
强制它，
说明它。
但世界沉默。

词语，跟我走吧，
突破定格

——不再滔滔不绝
立论反驳！

现在消停一下吧
切勿言情，
让心换一种方式
活动心肌。

顺其自然。

你的私语不可能
飘进上帝之耳，
关于死亡你无言以对，
算了吧，请跟我走，不说软话
不说硬话，
不说安慰语，
没有慰勉之言，
不要以词指物，
但也不能没有信号——

务去陈言：尘雾中的
幻象，音节的
空洞碎石，僵尸单词。

不要死鬼般的词，
空泛的词语！

自由运行

白昼和睡眼惺忪的鸟儿
以及被风射穿的众树
一起起床，沧海把一杯
冒泡的啤酒倒在它身上。

奔涌的百川归大海，
陆地用鲜花
让纯洁的空气说出
爱情诺言。

地球不要蘑菇云，
不愿朝天空喷出烟尘，
它要用暴雨和愤怒的雷电消灭
堕落的淫逸之音。

它期盼彩衣兄弟
和灰衣姐妹从昏睡中苏醒，
重见鱼国王、夜莺王后
和火君主蝾螈。

它为我们栽培海洋珊瑚。
它命令森林保持安静，
它给大理石画上美丽的纹理，
让露水复临，冲走灰烬。

地球要在宇宙中自由运行
从夜的腹中生出白昼，
古老的美丽和青春的恩泽
滋润一千零一晨。

波西米亚在海边

如果这儿的房子是绿色的，我就步入其中的一栋。
如果这儿的桥梁是完好的，我便走在坚实的基础上。
如果努力永远徒劳，在此我也情愿让它徒劳。

若我非其人，那人肯定和我一样好。

若有一言毗连我，我就让它作邻居。
如果波西米亚还在海边，我就会再次相信海。
如果我还相信大海，我就会寄希望于陆地。

我若是那种人，则每个和我相似者必为同类。
我无所欲求。我只求毁灭。

走向毁灭——即走向海，在海边我重见波西米亚。
遭到毁灭，我静静地醒来。
现在我已彻悟，我没绝望。

到这里来吧，所有的波西米亚人、航海家、港口妓女
和未抛锚的船。你们不愿做波西米亚人吗，伊利里亚人、维罗纳人

和所有的威尼斯人。请你们上演搞笑

和催泪的喜剧。你们可以百次犯错，
一如我犯错和从未经受住考验，
但我经受住了考验，一次又一次。

正如波西米亚经受住了考验，在某个晴天
获赦下海，现在它就在水边。

我依然毗连一句话邻接另一国，
即使接触点不多，我也越来越比邻一切，

一位波西米亚人，一个一无所有、了无牵挂的流浪汉，
只能在有争议的大海上眺望我选中的陆地。

沃尔科特诗选

Derek Walcott

[圣卢西亚] 德里克·沃尔科特

程一身 译

【诗人简介】

德里克·沃尔科特（Derek Walcott，1930—2017），著名英语诗人、剧作家、画家。1930年1月23日生于圣卢西亚的卡斯特里。先后就读于圣玛丽大学和西印度大学，后迁居特立尼达岛。在美国、英国多所大学任过客座教授、驻校诗人，后任教于波士顿大学创作系。1962年出版诗集《在绿夜里》崭露文学头角，代表作有《奥美罗斯》《西印度群岛》《白鹭》等。沃尔科特获得过国际作家奖、史密斯文学奖、麦克阿瑟奖、艾略特奖等众多文学荣誉。1992年，其诗因“具有巨大的启发性和广阔的历史视野，是其献身多种文化的结果……由历史视域供养和多元文化使命支撑的伟大的诗歌光彩”获得诺贝尔文学奖。布罗茨基称道沃尔科特是“今日英语文学中最好的诗人”。2017年3月17日，沃尔科特在圣卢西亚的家中因病去世，享年87岁。3月25日，圣卢西亚为他举行了盛大国葬。

《白鹭》（*White Egrets*）是沃尔科特2010年出版的诗集，是其封笔之作。该书出版时，沃尔科特80岁。沃尔科特以该书击败希尼等9人，获得2011年的艾略特奖。评委们认为“沃尔科特的《白鹭》是一部感人、具有冒险精神并且几乎无懈可击的作品”，“会成为衡量其他诗歌作品的准绳”。全书由54首诗组成，其中组诗11首，诗集中诗大多无题，有题目的多为组诗，如《白鹭》（8首）、《西西里组诗》（11首）、《在意大利》（12首）等。与写作年龄对应，《白鹭》是一部老年之诗，爱的丧失与死的临近，这几乎是所有老人的现实，沃尔科特写得尤其惊心动魄。也许是因为在他的生活中，爱与死之间更具张力吧。诗人就是敏感于美的人，爱与死其实是美的两个变体。所谓爱就是与美建立联系，而死则意味着自身之美以及毕生建设的美一并丧失。在一种无爱伴随的状态中面对死神，这就是沃尔科特晚年的处境：一方面是爱的丧失，难以挽回，一方面是爱的重建受阻。令诗人更加伤心的是他在爱的重建方面遭遇的失败，这触及整部诗集的核心。组诗《在乡村》第二首告诉读者，这部诗集名为《白鹭》是因为“白鹭”（egrets）与“遗憾”（regrets）只有一个字母之差。爱的重建已不可能，死的来临却不可避免。组诗《白鹭》的第 6 首是诗人间接处理死亡的作品。圣诞节期间，昔日的好友久未露面，他们已不在尘世，却在诗人的追忆中返回。此时，这位追忆者也面临着和朋友们相同的结局：“有些朋友，我已所剩不多，/ 即将辞世，而这些白鹭在雨中漫步 / 似乎死亡对它们毫无影响，或者它们像 / 突临的天使升起，飞行，然后又落下。”白鹭，一种极美的动物，在此充当了天使的角色，它相当于剩存者的记忆，相当于诗人写下的诗篇，持续对抗着死神，“似乎死亡对它们毫无影响”。

白　鹭

1

细察时间的光，看它经过多久
让清晨的影子拉长在草地上
让潜行的白鹭扭动它们的喙与颈
当你，不是它们，或你和它们，已消失；
因为嘈杂的鹦鹉在日出时发动它们的舰队
因为四月点燃非洲的紫罗兰，
在这个鼓声隆隆的世界里它让你疲惫的眼睛突然潮湿
在两个模糊的晶状体后面，日升，日落，
糖尿病在静静地肆虐。
接受这一切，用相称的句子，
用镶嵌每个诗节的雕塑般的结构；
学习明亮的草地如何不设防御
应对白鹭尖利的提问和夜的回答。

2

这些浑身洁白、鸟喙橙黄的白鹭多么优雅，

每只都像一个潜行的水罐，茂密的橄榄林，
雪松抚慰着在雨季里猛烈咆哮的
一条溪流；进入那种平静
超越欲望摆脱悔恨，
或许最终我会到达这里，
棕榈叶在阳光下像轿子一样低垂
伴着下面虎纹般的影子。它们还会
在那里，在我的影子连同它所有的罪孽
逐渐进入遗忘的绿色丛林以后，
连同一百个太阳在圣克鲁斯山谷[1]上空的
升起与降落，那时我爱得多么徒劳。

3

我看着那些巨树在草地边缘摇晃
像没有浪峰的大海起伏，竹林像被绳子

1 圣克鲁斯山谷（Santa Cruz Valley）：位于美国亚利桑那州南部。

套住的马突然垂下它们的脖子，当黄叶
从振荡的树枝被撕下来，变成一场雪崩；
这一切都发生在骇人的暴雨骤降之前，
天空那湿透的帆布像一次绝望的航行
狂风大作，完全笼罩了山峦
似乎整个山谷成了安然度过风暴的一条船
树林不再是树，而是奔腾的海浪。
当闪电炸裂，雷声吱嘎作响如同诅咒
而你是安全的，躲在圣克鲁斯深处的
一间黑屋里，随着电光熄灭，当前突然消失，
你暗想："谁会为颤抖的鹰、完美的白鹭
和云色的苍鹭，还有看到黎明的虚假的火焰
就恐慌的鹦鹉遮风避雨呢？"

4

这些鸟一直为奥杜邦[1]充当模特，

---

1 奥杜邦（Audubon，1785—1851）：美国鸟类学家、画家及博物学家，著有《美洲鸟类》等。

我年轻时，一本书里的雪鹭
或大白鹭会像翠绿的圣克鲁斯草地
一样显现，深知它们看上去多么美好，
昂首阔步的完美。它们点缀着岛屿
在河畔，在红树林沼泽或牧牛场，
在池塘上滑翔，然后在小母牛光洁的
脊背上保持平衡，或在飓风天气里
逃离灾难，并用它们迅捷的戳击
啄出记号，似乎研究它们是完全的荣耀
在神话般的幻想中
它们扑扇着翅膀从埃及飞越大海
伴随着法老的朱鹭，它橙色的喙和爪
呈现的轮廓安静地装饰着墓穴，
随后它们展翅起飞，扑扇得越来越快，
它们扑扇翅膀时就像六翼天使。

5

那永恒的理想是惊奇。

凉爽的绿草地，安静的树，那边山丘上的
丛林，接着，一只白鹭的白色喘息使
飞行进入画面，然后它笨拙的步子
摇摇晃晃地停下，站直，一枚白鹭徽章！
另一种思想的惊奇：一只鹰站在
树枝的弯处，悄无声息，像一只猎鹰，
突然冲上天空，在赞美或责备之上盘旋，
带着那种和你相同的极度冷漠，
此刻它落下来，用爪子撕扯一只田鼠。
草地的页面和这打开的页面是相同的，
一只白鹭使这页面惊奇，那只高空的鹰
对着死物尖叫，一种纯粹是虐待的爱。

6

圣诞周过了一半，我还不曾看见它们，
那些白鹭，没有人告诉我它们为什么消失了，
但此刻它们随这场雨返回，橙黄的喙，

粉红的腿，尖尖的头，回到草地上
过去它们常常在这里沐浴圣克鲁斯山谷
清澈无尽的雨丝，下雨时，雨珠不断落在
雪松上，直到它使旷野一片模糊。
这些白鹭拥有瀑布的颜色，云的
颜色。有些朋友，我已所剩不多，
即将辞世，而这些白鹭在雨中漫步
似乎死亡对它们毫无影响，或者它们像
突临的天使升起，飞行，然后又落下。
有时那些山峦像朋友一样
自行缓缓消失了，而我高兴的是
此刻他们又回来了，像怀念，像祈祷。

7

伴着一片止落入林中的叶子的悠闲
浅黄对着碧绿旋转——我的结局。
不久将是旱季，群山会呈现锈色，

白鹭上下扭动它们的脖子，弯曲起伏，
在雨后捕食虫子和蛴螬；
有时直立如保龄球瓶，它们站着
像从高山剥落的棉絮条；
随后当它们缓缓移动时，它们移动这只手
用双脚张开的趾，用前倾的脖子。
我们共有一种本能：贪婪喂养
我钢笔的鸟嘴，叼起扭动的昆虫
像叼起名词并把它们咽下去，钢笔尖在阅读
当它书写时，愤怒地甩掉它的鸟嘴拒绝的。
选择是白鹭教导的要义
在开阔的草地上，当它们专心安静阅读时
头不断点着，一种难以言传的语言。

8

我们在圣克洛伊[1]一个朋友家的游泳池边

1　圣克洛伊（Saint Croix）：加勒比海中的一座岛屿。

约瑟夫[1]和我正在交谈；他忽然停了下来，
我本希望他会享受这次访问，
喘了口气，指出——并非静止或潜行
而是固定在这棵大果树里，这使他震动的一幕
“就像博斯[2]的某件画作。”他说。那只大鸟
突然出现在那里，或许带走他的是同一只，
一只忧郁的白鹭或苍鹭；说不出的话总是
伴随着我们，像欧迈俄斯，第三个同伴
而捕获他——他爱雪——给他鼓舞的
是那只鸟，泛着幽灵似的白光。
如今每当正午或傍晚，在草地上
白鹭们结伴静静地向高处飞翔，
或者像赛船那样航向海绿色的草地，
它们是天使般美丽的灵魂，像约瑟夫一样。

1 约瑟夫·布罗斯基（Joseph Brodsky，1940—1996）：苏裔美籍诗人，1987 年获诺贝尔文学奖。

2 博斯（Bosch，1450—1516）：荷兰画家。

棋　子[1]

棋子在它们的棋盘上坚硬
如那些真人大小的兵马俑，他们
手握缰绳、盾牌和宝剑对皇帝的誓言
被已经喊哑的嗓子齐声呼出；
那惊人的发掘现场没有回声。
每个兵都宣过誓，每个兵都许过诺
愿为他的皇帝、宗族、祖国而死，
愿成为一枚棋子，屏息挺立
在阴影或交汇的阳光里，不计时日——
一个个泥制陶俑，无气味地严整。
如果誓言看得见它们或许会看见我们的
像不变的棋子摆在户外草坪上
变幻的阳光里，旗帜般的浪花在那里翻涌
棕榈叶随音乐摇晃，那是在棋子的寂静上
时间的韵律。移动带来损失。
一只深褐色的黑鹂在酸橙树里吱吱鸣叫。

1　编者按：原诗无题，题目为译者所拟。以下诗作中，《光的命名》《我的手艺》《致我的敌人》《在湿地》《在荷兰》《抛锚的油轮》，题目均为译者所拟。

在意大利（选二）

我震惊于……

我震惊于那些向日葵旋转
在靛蓝海洋上的辽阔的绿色牧场里，
惊讶于它们金色的安静，纵然它们用
雷卡纳蒂上空的钟表那听不见的嗡嗡声歌唱。
它们可会把脸转向黄昏，就像一支军队
可能服从一个即将沦亡的帝国的最后命令，
它们的车轮陷入车辙，在星星的微小
装饰与萤火虫的曲折流火之前，
随后就像燃尽的流星柔软地
砰然落地？在我们别处的生活里，向日葵
单独出现，但是在这个临海的省份
整个田野可能都洋溢着它们现世的力量
像文艺复兴时期某位王子的披风一样展开，
它们的旗帜会凋谢，它们金色的舵充满太空；
它们是我们向自己朗诵的诗篇，是我们
短暂荣耀的隐喻，是我们不能回避的一轮光芒在布莱克[1]时代它被叫作天堂，但并非从那以来。

我将反复赞美……

——献给罗伯塔

我将反复赞美出没在那不勒斯[2]
一堵陶砖墙上的光，在那无法把握的黄昏
它使每个角落都闪耀着一位业余画家的
丁香紫与橙黄，赞美绚丽的威尼斯，用它
溶解在大运河里的唱片，当一声听不见的
枪击驱散鸽群，尽管罗伯塔说
鸽群如今成了官方的公害，没有女预言家
或共和国总督能拯救它们，没有她举起胳膊的雕像，
或它们会再次栖息枝头，一种卡纳莱托[3]的平静
返回闪光的潟湖，返回圣母玛利亚-萨卢特教堂，

1 布莱克（Blake，1757—1827）：英国诗人，画家，浪漫主义文学代表人物之一。

2 那不勒斯（Naples）：意大利南部第一大城市，地中海港口城市。

3 卡纳莱托（Canaletto，1697—1768）：意大利风景画家，以精确描绘威尼斯风光著称于世。

黄昏的水面随着手风琴的演奏泛起涟漪，
来自演奏三音叉的神？我听见那拓宽的声音
在汽艇的嘎嘎声里经过有花边的
手工制品，当你弯身靠近时，它变成石头：
变成石头，珍爱的石头，我雕刻的美人
使瞌睡的狮子张开大口，使青铜种马上蹿下跳。

光的命名

当光降落在苏弗里耶尔那边的丛林，
它富于秩序，命名了它降落的事物——
黄酸枣和鳄梨，芋头，黄体芋，和甜瓜，
而在山间，橙色和鲜红色的
不凋花标明可可树的边界。
我们停在那里，在长久的恍惚中驱车
穿过它自身完美的结构，像光
命名了马尔凯大区[1]的城墙，曲曲折折的
亚得里亚海的海岸，它使我欣喜
如一只风中的雏鹰，或拉奎拉[2]上空
一枚鹰的徽章，或一条隐匿的小溪在那里用喉音
朗诵“皮通·弗洛尔[3]，皮通·弗洛尔”，雪松、柏树和榆树
说着同一种语言，一本可信的书中的书页
在夏日打开。我停下来倾听它们。

1　马尔凯大区（Le Marche）：意大利一个区的名字，东临亚得里亚海。
2　拉奎拉（L'Aquila）：意大利中部城市名。本意“鹰”。
3　皮通·弗洛尔（Piton Flore）：山名，位于圣卢西亚首都卡斯特里。

我的手艺

薄雾和幽灵似的山峰来来去去，
在完全消失的白雨里，以至于
现在随时可能开始下雪——
在采尔马特[1]，我窗子里的马特峰[2]
岩脊上的雪如叶子花编织的树篱
像安妮女王的蕾丝发白而有着奇特的斑点，
奇异的对立变得越来越反常，
绿色群山变白，成为阿尔卑斯山脉
嫉妒的颜色，溪流的小瀑布发出回声
如同雪崩；这并不荒唐；
我的手艺和我手艺的思想平行于
每个物体，词语和词语的影子
使事物既是它自身又是别的东西
直到我们成为隐喻而不是我们自己
在一种不断发展的经验主义语言里，
联系如此巧妙以至于它们闪电般

1 采尔马特（Zermatt）：瑞士的一个小城镇，距离意大利边境约 10 公里，是世界著名的滑雪胜地。

2 马特峰（Matterhorn）：阿尔卑斯山脉中最著名的山峰，位于瑞士和意大利边境。

惊动我们当我看到佩蒂特·皮通[1]
那一瞬间头皮好一阵发麻，
一种和它相同的高山押韵的状态
直到，不止一瞬，我，也，变白了。

1 佩蒂特·皮通（Petit Piton）：山名，位于圣卢西亚西南部。

致我的敌人

愿我的敌人随这些波浪安静下来
因为它们是美的即使对他的邪恶来说，
愿这场细雨是对他心灵的祝福
就像它是对我的；他们在这里说那个恶魔
鞭打他的妻子当阳光照彻细微
细微的雨丝。并非我的心宽恕
我的敌人他可恶的肉体欲望
而是一片叶子的闪光，一只有斑点的鸽子的疾飞，
浪花列队行进的白色法衣溅入港湾
如同忏悔者进入放着圣餐桌蕾丝的圆屋顶；
因此美塑造的既非惩罚也非救赎
就像我的敌人的教堂的教义，摔跤的
小天使和痛苦的圣人的大教堂
以及缤纷的紫色云；尽管我有理由
我会和敌人分享这个世界的美
即使他们的贪婪毁坏了我亚当岛的
天真。我的敌人好像壁画里的
一条大蛇，他所有的
鳞片、毒液、闪光的脑袋都是
这个岛的美的一部分；他无须忏悔。

六十年以后

从我在维约堡的玛利亚酒店大厅的轮椅里
我看见，坐在她自己的轮椅里，她的美
皱缩如一朵凋谢的花，那个曾被我视为
我青春生活之火的人将尽其本分地
永远金黄，美丽，年轻
就在我变老时。她拖着三重下巴，老了，她迷人的
微笑被网进皱纹里，而我感到狂热
短暂地返回，当我们坐在那里，跛着腿，憎恶
流逝的时间和常规客套话的谎言。
小小的波浪仍然拍打着那小小的石砌码头
半个世纪前，一位船夫把我留在
码头黄昏橙色的安静里，可能因勃起
更兴奋，她像一头害羞的小鹿，我暗中追随
一次不可能的圆满；那些认识我们的人
知道我们决不会在一起，至少不会散步。
此刻，对讲机里那些沉默的刀子把我们穿透。

在荷兰

凡·高一幅画中行列不齐的柳树，
带状的农家庭院，桥梁，运河，飞舞的白嘴鸦，
一位脚穿木屐、手推独轮车的男子，码头里的驳船；
咖啡茶几上的画册里我半个祖先的国度；
和一次印象模糊的游览，风车和堤坝，
骨立的，刻着一种突然变黄的
深重的北方苦难和疯狂。我翻动书页
寻找某些传统的激活，以及我在正午的火炉中
绘画的那些日子。所有这些都是多年
前的事了，在我变得更熟悉
爱和爱所钟情的痛苦，以及
田野里喧闹刺耳的鸦叫声的恐怖之前。

抛锚的油轮

一个微暗的日子在变亮，云朵像灰色的绒布，
但是，不同于平常的、临时的航行，
一艘灰壳的油轮抛锚在中流，
朦胧是因为距离和一场阳光照耀的毛毛雨。
他们总是不停地向北方航行，要不然他们似乎
在等待，直到我默默地发射一颗照明弹
表明我终生的痛苦，波浪挥舞手臂
对着那种天堂般的幸运，被困在这里，
在疾走的螃蟹和看起来像冻结的爆炸的
棕榈叶的有棱纹的残骸之间，每艘
幽灵般的抛锚油轮是年轻人飞翔的
梦，漂泊在世界所有的港口
在那里他曾把自己的名字涂在海滩上，
他隐藏在破旧的海港里，长着海胆状的
白胡须，开裂如皮革的皮肤：
当桅杆折断，闪电被猛然掷下
他将会在最坏的天气里看见这个世界，
安静如那艘油轮在中流吃草。

特德·休斯诗选

Ted Hughes

[英国] 特德·休斯

赵 四 译

【诗人简介】

英国“桂冠诗人”特德·休斯（Ted Hughes，1930—1998），2011 年进入了著名的西敏寺“诗人角”，成为迄今 120 名英国文艺史上的不朽者之一。他一生的诗歌创作中有一半是儿童诗（英语诗歌中，写给 17 岁以下读者的诗都属儿童诗），休斯被公认为是英诗历史上最有成就的儿童诗歌作家之一。

自 1961 年出版了儿童诗集《会见我的家人！》以来，他一生出版了《没规矩的怪兽尼斯》《月亮—鲸鱼和其他月亮诗》《季节之歌》《北极星下》《何为真相？》《猫和布谷鸟》《美人鱼的手袋》等 20 多本儿童诗集、戏剧集、小说集，有许多成为真正的经典。其中最著名的是儿童科幻小说《铁人》，在 1999 年被改编为大获好评的动画影片《铁巨人》，由华纳兄弟公司出品。他还和谢默斯·希尼合编了两本极畅销的儿童诗选《咔嗒响的口袋》和《学校的书包》。

休斯极为重视为儿童写作，深切关心培养孩子的想象能力。休斯儿童诗最充分的特质——“异想天开”集中完美地表现在他先后写作长达 15 年的“月亮诗”中。为年龄较大的儿童——青少年们创造的这个奇异的、令人惊叹的“月亮世界”，地貌稀奇古怪，生物魅惑迷人、荒唐离奇，一切都为桂冠诗人的月亮魔法所笼罩。诗人似乎被一种为月亮所激起的疯狂攫住，语词投掷出去便如撞倒了多米诺骨牌，有一种可怕的直截了当的力量。各种视像——50多种超凡的、欢快的月表动植物和元素都无法被固定住，充满了流动性。休斯“月亮诗”绝对的癫狂般的丰饶和活力充沛，对我们看过的如此之多的安全和勉强凑数的儿童诗来说无疑是一剂解毒剂。

无论是成人诗还是儿童诗，休斯都以写作动物诗和自然诗著称，莫拉格·斯泰尔斯恰如其分地称休斯“既是成人的也是儿童的20世纪自然诗人”。休斯在写作中什么也不隐瞒，他总是使读者直面自然和动物世界的最真实的状况——既有它的美，本能，令人敬畏，也有它的残酷，严苛，性和死亡。但他是用“爱”来写这些给孩子们的诗的。休斯曾在写给利萨·保罗的信中说道：“孩子们并不需要麻醉剂。一个人可以用简单但完整的方式来与孩子交流——不是因为他们清白无辜，而是因为他们还没有学会防御。……所以对我来说，为孩子们写诗，有一种迷人的可能性——可以以某种方式找到通用语言，即意象和感知觉的某些波长——在这样一种风格的交流中，孩子们是明确的听众，而成人则可以旁听。”休斯的《季节之歌》《北极星下》《何为真相？》这几本诗集就是使用“通用语言”的既写给孩子们听又可以让大人旁听的诗歌。事实上，这几本书中的许多诗也都作为成人诗一再被收录于各种休斯选集中再版。

本辑诗歌为儿童诗，主要译自休斯的“月亮诗”和《季节之歌》。

我自己的真正家人

有一次我潜入橡树林——我在找一只鹿。
我遇到个老太婆——满身树瘤的躯干破衣蔽体。
她说："我攥着你的秘密，在我的小布袋里。"

然后她开始咯咯地笑，我开始直打哆嗦。
她打开小布袋，我惊醒了两次——
一群东西瞪眼围着我，我被捆在木桩上。

他们说："我们是橡树，是你的真正家人。
我们被砍倒，被劈裂，你连眼也不眨一下。
你现在就会死——如果你不现在就允诺

凡见到一棵橡树倒下，现在就发誓，你会种上两棵。
你要是不发誓，黑橡树皮就会皱起箍紧你
把你钉死在橡树林中，你会在这儿生而不长。"

这是我在树下做的梦，这个梦改变了我。
当我走出橡树林，走回人群，
我的步子是人类孩子的，但我的心已是一棵树。

月亮—鲸鱼

他们钻探月亮物质
在月表之下
撑举起月亮的皮肤
像一块肌肉
但如此缓慢，看起来像绵延的山脉
呼吸如此稀少，看起来就像座火山
留在月亮表皮上的喷发过的洞口

有时他们骤降
到月亮平原之下
穿过月亮内部的金属
开掘磁性通道
运送宇航员的疯仪器。

他们的音乐浩渺无边
每一个音符长达几百年
每一支曲子一个月亮纪

所以他们互相唱着不会结束的歌

因为不动人，无法移动的鲸群感动自己

他们的眼睛如痴如醉地闭着

月亮—百合

不可思议的白是月亮—百合。
但那不是全部。哦不，远不是。

那是当它已长到最高时
在它鼓胀的花蕾现出任何白之前

你以为你听到了幽灵，在你的房子里——
它沙沙低语，嗤嗤窃笑，所以它不是只耗子。

到了第二天晚上是快乐的嘤嘤哼唱。
现在去看看你的百合，你会看到一小条白色的花瓣来了

再过一个晚上是鸣唱——声音遥远
但非常清楚、甜美，并且无论你身在何处

那声音总是在其他某个房间里。
在下面的花园里，你的百合在开放。

现在一连数日，你的花儿饱满骄傲地站着

这位怪异的夫人唱啊唱，轻柔、快乐，决不大声。

她在你的房子里来来去去，通宵达旦。
直到某夜——突然——哭了。出事了！

你知道，在下面的花园里，在你到那之前
百合已开始枯萎，褐黄出现在了她的雪白上。

随后一串轻声啜泣的夜到来，你无眠
直到你的百合完全结束她的凋谢。

月亮艺术

在月亮上无论你想要什么
你只需沿着它的轮廓画上一条线
它就合拢成生命——在那儿了。
如果是条狗，它就吠叫，需要喂食。
如果是个人——它是个人
那你就不得不照料他了
直到他学会说话和应付一切。

你会看到，你不得不当心
你画的是什么和你是怎么画的。
最重要的，如果你不能画得完美
最好别画。你画什么，就会得到什么。

如果你画了只没膝盖的狗——你就有这么只了。
他摔倒，你就不得不把他扶稳。
他就不得不站着或靠着睡觉了。
他的整个生命对于他就是个可怕的问题。

如果你画张令人憎恶的脸——小心！

他会成为你永远的随从。
望着桌对面，或从你肩头看过去。
如果你画条蛇——画条没牙的。
如果你画老虎，记得先画笼子。

所以如果你画，就只去画美丽的东西，
或快乐幸福的东西，或有用的东西。
并且确定你能把他们画完美。
外面的世界是人类不负责任的胡涂乱画
造就的可怕垃圾场——危险而丑陋。

根本不画比添加垃圾要好得多。

月亮—圣铃

蛮族们在月亮上的死环形山口
　有他们的秘密会所
用野蛮的祷词向着地球祷告：
　“哦你那创造了我们的

通过我们的圣铃向我们讲话。
　哦以你的智慧引导我们。
以噔噔的分贝纠改
　我们体内的疯狂。”

于是接下来他们摇动
　悬于每一个火山子宫口的铃铛
地球开始宣告，以笼罩的
　当当、喃喃的嗡鸣

一只铃中传出：“高塔倾颓
　粪堆隆起。”另一只传出：
“那以为自己知晓一切的人
　娶了自己的母亲。”

“唯一只猫头鹰懂得一只猫头鹰的价值。”
　一只以一声闷响铿锵而语。
“各人，”辛劳的一只嘟哝着，
　“自扫门前雪。”

“头脑年长于书本，”
　一只托儿音调尖酸，
“美只浅及皮毛，
　丑却深入骨髓。”

然后：“那在热中不膨胀的人
　将不会在冷中凝缩。”
另一只是自言自语：“一根一根地
　你可以把一只老虎拔秃。”

“走向毁灭是件默默的工作，”
　一只以使人麻木的轰鸣炸响着。
还有：“爱和渴，他们无须羞耻，
　但是痒彻底击败他们。”

“所有的事物，除了爱和音乐，
　都该灭亡，”另一只喊道。
“垂头丧气是病痛的国王。”
　“死去的父亲们有着巨大的眼睛。”

所以持续不断地，铃向月亮上的居民
　宣讲着地球圣言。

满月和小弗里达

冰凉的小夜晚皱缩成犬吠和桶中晃荡的水声
你听着。
一张蜘蛛网，在露珠的碰坠下绷紧。
一桶水高举，安静、盈满——镜子
诱惑第一颗星的震颤

母牛们回到在那小路上的家，用她们呼吸的温暖花环
围住篱笆——
血的黑暗河流，许多的卵石
稳住未溢出的牛奶。
“月亮！”你突然大叫，“月亮！月亮！”

月亮走回来像一位艺术家惊讶地盯着一件
惊诧地指向他的作品。

护身符咒

在狼的牙里，有荒野山岭。
在荒野山岭里，有狼的皮毛。
在狼的皮毛里，有破烂山林。
在破烂山林里，有狼的蹄爪。
在狼的蹄爪里，有石头的地平线。
在石头的地平线里，有狼的嘴。
在狼的嘴里，有雌鹿的眼泪。
在雌鹿的眼泪里，有冰冻的沼地。
在冰冻的沼地里，有狼的血。
在狼的血里，有雪的风。
在雪的风里，有狼的眼。
在狼的眼里，有北极星。
在北极星里，有狼的牙。

三月的小牛犊

从一开始他就穿着他最好的衣服——他的黑块块，他的白片片
小勋爵[1]——卷发油光，净洁照人
一件周日礼服，一套婚礼的整洁装扮，
站在沾着肥料的稻草中

在布满蛛网的桁梁下，靠近泥墙，
半个他抻着腿，
光闪闪的眼睛，没有更多的希求
除了妈妈的奶频频出现。

其他所有事物都原封未动，像该有的样子。
让夏日天空推迟到来，眼下
这正是如他所愿的。
每件新事物，每次只来一点点，是最好的。

过多和过于突然都会过分吓人——
当我挡住光线，凭空里出来一个庞然大物，

1　小勋爵（Fauntleroy）：影片《小勋爵》（*Little Lord Fauntleroy*）中的主人公。

我想让他进去找妈妈吃奶，
他跳出一两码，然后呆愣愣僵住，

从四下乍开的所有毛发后瞪眼瞅着，
做了最坏的准备，把自己关进满怀希望的宗教，
一个带着湿漉漉微蓝—泛红口鼻的
小小三段论，为着在上帝的掌握中。

你看见他所有的希望喧腾起来
当他在破旧的围栏间
去够他的妈妈这只不稳的烤炉。
他哆嗦着长高了，伸出他噘起的舌尖——

这里的牛群可曾发现
是什么使这亲爱的小家伙
如此急切地锻炼自己？
他已在竞赛当中，并且颤抖着要赢——

他新奇的紫眼珠猛然转动

在未来计划的肘撞之下。
饥饿的人正越来越饿，
屠夫们发展着专业技术和市场，

而他只是甩着尾巴——
在他短小利落的形象中闪闪发亮
不会知晓他的整个种系
都已被缚牢。

他舔着身体一侧，颤栗于对世界的感觉。
他像一簇余火——耀亮的红光
以自身为燃料
燃着了自身，呼吸着，明亮着。

很快他就会跳到外面去，撒播他沸腾的欢乐，
会出现在草地上，
会在这样一个阔大地表上自由自在，
会发现自己是自己。会站起。会哞叫。

工作与游戏

夏天这只燕子，她辛苦工作了整整一夏，
光闪闪电压缩出的一个蓝黑的结，
起伏鞭进的泳者，一条空气的鱼。
　　但是车队的长蛇爬过尘陆
　　在微光明灭的汽车尾气中
　　找寻办法扑灭
　　它的热病于海中
　　它要去玩耍，游手好闲，否则就会崩溃。

夏天这只燕子，带倒钩的鱼叉，
她从酷热之地飞遁，一道紫色的彩虹，
将她的灼热在水池里一浸，于是变得完美。
　　但是车队的长蛇在海滩崩塌
　　呕吐出它的器官
　　四散奔逃的五颜六色
　　滚行如番茄
　　赤裸如番茄
　　有沙填着它们的褶缝
　　面对巨浪的闪光和啸叫畏缩不前。

夏天这只燕子，夏的缝纫女工，
她将蓝色裁剪成型，她缝制它，
她抽出一根长长的线并在尾部打上结。
　　但是节日里的人们
　　展排得像伤兵
　　躺平如在面包炉中
　　烘烤、涂上油脂
　　满脸痛苦，当夏空烧得他们发蓝
　　他们的头是晶体管
　　他们在沙砾上咬牙切齿
　　他们走散的孩子大声嚎哭
　　与此同时吃人的苍蝇
　　不断猛戳电击针，可是他们能做什么呢？

他们能拖着难受的身体、肿痛的脸爬进汽车
　　发动起长蛇
　　令它在归家途中头痛不已
　　满满一车的争吵
　　啜泣，闷热
　　沙填塞它们的缝隙

　　吸入源源不断

　　从洋地黄中涌流出的石油

　　而黄昏的燕子

夏天这只燕子，侧身翻飞过红紫

掠过如蜜流淌的河，而后转弯

回到从屋檐下伸出的手中——

一枚欢乐影子的飞去来器。

获　月[1]

火焰红的月亮，丰收之月，
卷上山岗，缓缓弹起
一只巨大的气球，
直到它起身，仰面沉下
躺在天底，像一枚西班牙金币。

丰收之月来临，
悄声嗡鸣穿越天空，像巴松管乐。
地球终夜应答，如低音鼓。

于是人们不能睡去，
于是他们出门到榆树和橡树的
跪伏夜祷处，在宗教的静穆中。
丰收之月来临！

所有被月光涂亮的奶牛和绵羊
仰头凝望着她，呆若化石，当她膨胀
充溢天空，似乎又红又烫，

1　获月（Harvest moon）：九月（收割、收获之月）的月圆夜，相当于中国的中秋月。

正越来越近地航来，像世界末日逼近。

直到麦子僵挺的金色麦田
高呼“我们熟了，割吧！”河流
自熔化的山岭汗涌而出。

九月的大蚊[1]

她挣扎着钻过草丛罗网——不是飞，
她宽展、僵硬的肢翼，那无重量的篮筐编织物
摆动着，像一驾古代马车，上端沉重的礼仪用车
翻山越岭
（不是计划中的以尾点水而过）
而是拖着大阔步，长翼展，晕头转向地瞎闯乱撞
姜黄色闪光的翅膀
来回磕绊。
无目标于任何特定方向，
只是竭尽最后的她，以逃脱任何毁灭性的事物
无论那是什么，腿脚，草丛，
花园，郡县，国家，世界——

有时她长时间地停歇在草的森林中
像一位童话中的英雄，只有奇迹能帮她。
她无法探清森林的神秘
在那里，譬如，这位巨人驻目看着——

1　大蚊（Cranefly）：一种身细足长，形似蚊子却不咬人的飞虫，最长种类的大蚊可达10厘米长。

巨人知道她不可能以任何方式获得救助。

她的竹节机身，
她的龙虾肩胛，她的脸
像是钉头大小的龙，带着它柔软的胡须，
她翅膀上的简易教堂无色玻璃窗
都将终结，在研究的当口，很快。
有关她的一切，所有尽善尽美的祭服
都已是多余的。
她怪异过长的腿和蜷曲的脚
是超越她的存在的问题。
葡萄糖和几丁质的石化不足以
透过无垠的茎叶把她标明出来

磨烂的苹果树叶，咕咕叫的渡鸦，废弃的拖拉机
沉陷在荨麻丛中，等待它们的繁殖
像其他的星系。
天空中向着北方行进的九月，庞大温和的停战协定，
像一个帝国离去，

抛弃了她，在微小对阵之后

她用碍事的肢翼和拖累的头脑布下的。

胡安·赫尔曼诗选

Juan Gelman

[阿根廷] 胡安·赫尔曼

于施洋　译

【诗人简介】

胡安·赫尔曼（Juan Gelman，1930—2014），出生于流亡阿根廷的俄国-乌克兰犹太家庭，9岁写诗，11岁发表，一生出版近40部诗集，如《小提琴及其他问题》《我们的游戏》《戈探》《霍乱牛》《翻译III：悉德尼·韦斯特的诗》《关系》《向南方》《致母亲的信》《在下面》《往还之境》《存世》《今天》等，此外还撰写过多部散文集、杂文集和电影剧本、歌剧剧本。

赫尔曼获得过多个奖项，包括阿根廷国家诗歌奖（1997）、拉丁美洲与加勒比地区胡安·鲁尔福文学奖（2000）、伊比利亚美洲聂鲁达诗歌奖（2005）、伊比利亚美洲索菲亚女王奖（2005）和西语世界最高文学奖塞万提斯奖（2007）。塞奖授奖词称："赫尔曼的作品充满音乐韵律，游戏于语词的乐感与节奏之间，同时具有强烈的社会和政治批判性。"阿根廷著名作家胡里奥·科塔萨尔则评价："今天，如果说胡安·赫尔曼的诗歌给我们带来了什么，那便是一种态度，一种拒绝简单化的、既发自本能又源于思考的寻求方式，寻求真正的我们。"

赫尔曼的诗歌是他一生执着斗争的反映，也与20世纪阿根廷的政治文化有紧密关联。青少年时，他受俄国革命和西班牙内战的"启蒙"，15岁加入共青团并与同伴联合成立"硬面包"文学小组，后加入共产党、担任共产主义刊物编辑，也成为新中国新华社驻阿根廷的记者。60年代中期以后，他受到古巴革命和切格瓦拉革命武装力量的感召，加入城市游击队组织并担任尉官、负责外联，导致自己的儿子、儿媳被军政府抓捕暗杀；而1979年又因与游击队组织意见不合，被后者定为叛变施以追杀；1983年文官政府上台后仍将他缺席审判为死刑，直到1989年下达总统令赦免。2000年，他通过公开信、联署等方式，迫使当局公布了被秘密转移到乌拉圭的孙女的信息（儿媳于生产后被杀害）。

在这风雨飘摇的半个世纪中，他无法也不会愿意成为职业诗人，只是将诗歌作为记录、抒发和某种程度上宣传的工具，正如1962年诗集题目“戈探”所显示，他深刻认同自己“家中唯一一个阿根廷人”的身份，热爱当地多元、充满激情的文化，但决不无视其中的挑衅、对抗；在欲进还退、猛然回旋的节奏中，“探戈”被拆解成“戈探”又回环重组，正如延续和冲突的社会历史进程。由此，他与智利的帕拉、尼加拉瓜的卡尔德纳尔、乌拉圭的贝内德蒂、古巴的雷塔马等遥相呼应，共同缔造了“西语美洲新诗”的格局，借助语言走向大众，又将语言从修辞到语法到词形规则全面拆解、刺激大众。

90年代后，随着政局稳定、公民权利得到认可，赫尔曼的生活进入新的阶段：与第二任妻子、心理学家玛拉·拉马德里（Mara Lamadrid）定居墨西哥，偶尔到南美、欧洲会见老友、参加活动。这一时期，他的诗歌变得相对日常化，并且逐渐摒弃“左”“右”的标签，只坚持他所能构想的正义和美好。值得注意的是，尽管可谓历经沧桑，他仍然不断使用动词和名词的“颤抖”，并写道：“让人疼的 / 是一棵从未停止生长的小草”。

赫尔曼与中国有着不解之缘。1959 至 1964 年，任新华社记者期间，他向西语世界报道中国的情况，曾受周恩来总理邀请两次来华并“重走长征路”。作为 2007 年塞万提斯文学奖得主以及 2009 年获颁我国首届金藏羚羊国际诗歌奖后，他又重访北京，漫步青海湖畔。

2014 年 1 月 14 日，拒绝任何手术、化疗、放疗的赫尔曼在家中安详去世。他说，“世界跟世界 / 不过一些奇怪的关系”，但他 2008 年在塞万提斯学院的时空保险柜里留下了什么文字，还是有些引人好奇——2050 年揭晓，让我们共同记忆。

戈　探[1]

那女人好像绝不那个词
颈后升起一股独特魅力
一种收藏双眼的遗忘
不断嵌进我的左肋。

小心小心我高喊小心
她仍入侵，像爱像夜；
我为秋天所发的最后几个信号
安睡在她双手的波涛里。

我身体里炸响干枯的声音，
愤怒悲伤成碎片跌落；
那女人温柔地下雨
淋湿我停在寂寞里的骨头。

当她离去我颤抖像被判了刑

1　戈探："探戈"单词音节倒置而成，源自19世纪末20世纪初的布宜诺斯艾利斯市中下层移民语言。"戈探"深富音乐性，更适合在手风琴的快慢推拉中按平顺和急冲的舞步节奏连续读上好几遍，戈——探 | 戈——探 | 戈——探……

选尖刀作最后的结局。

我将瘫在她名字上经历全部死亡

那名字最后一次牵动我的唇。

致绘画

德尼斯在卢浮宫一层餐厅工作
坚定地驾着身体周旋餐桌—英国人之间，
屁股比鲁本斯的世界还喧闹
像香榭丽舍的鸽子街角。

整天整天　摇摆摇摆
她放出一种鸟绕周盘旋
凌空将她描绘，致敬伟大民族
最后才温顺地回归肉身。

德尼斯每天工作，没看过蒙娜丽莎
但她在普瓦索涅赫大道上的小屋
是永远对爱开放的国度
每晚浪涛拍窗。

拥抱那个男人时她总望着门
似乎温柔会突然进入
有时一群深色的鸟掠过
像爱过之后的忧伤。

女仆玛丽亚

她活过的十七年里一直叫玛丽亚，
她本可以灵魂得救，同小鸟一起微笑，
但重要的是，人们在她手提箱发现了
死婴，出生三天，裹在主人家的
报纸里。

真是罪过罪过
规矩的女人啧啧地说
为表震惊她们抬起眉毛
额上一飞还挺有魅力。

先生们迅速考察了
娼妓或缺乏娼妓的危害，
脑中回放着跟好几只野鸡的征战
嘴上庄严回应：说得对亲爱的。

警局里对她还算客气
摸她的都是警长以上。

但玛丽亚光顾着哭
小鸟在泪雨下脱了颜色。

很多人对玛丽亚不满
竟这样打包爱的结晶
只有监狱能给她点教训
或者直白地说，让她别这么凶残。

那天夜里，女士先生们迫切地喷香水
为那说真话的孩子
为那纯洁的孩子
为那柔弱的
乖乖的
总之
为那些把灵魂的手提箱填满的
在大城市关窗的时候突然奇臭的
死孩子。

泥瓦匠佩德罗

人们会在这里爱在这里恨，泥瓦匠佩德罗说
一边垒墙一边唱歌；
双手已经在活计里变硬
掌心还能揉起痛苦和甜蜜
砌进墙壁、屋顶
随时间无声燃烧
或进入房里温柔女人的眼睛
她们忧郁起来，像发现一种新的孤寂。

佩德罗喜欢在脚手架上唱“第五纵队”，
爱跟工友讲瓜达拉哈拉和伊伦[1]，
但只要是一个人，便立刻同他的西班牙一起沉默。

晚上，他让双手睡觉，
自己披起枪伤又上战场
为免遗忘把死人再杀一遍，

1 伊伦（Irún）：西班牙巴斯克地区与法国接壤的一个市，西班牙内战时发生过较大战役。

勺子再次盛满愤怒。

离开脚手架那天早上
好像还有个问题在心底闪
同伴们围着他静静地等
直到一个人走来，说："抬起死者"。

勋　章

将军受勋

舰队司令受勋

准将　我的邻居

警长受勋。

也许有一天，诗人也能受勋，

奖励用词像火

像太阳，像希望

在人类如此的卑微

和痛苦中间

寸步不离。

我看见伊里·沃克尔[1]那次

应该是在周四周五之间
两天之间一条阴暗潮湿的小巷
咳嗽摔在石头上，
窗台有一枝花
在耻辱积重的瘴气里红，
看呀看，看世间的剧目
顶着苦难生长
每阵痛苦击打
都抖出另一股香，
花渐渐变成
花本来的红
炸开的时候，只听见
大地上穷人的巨响
立在她脸庞下，
我就是那时候看见伊里·沃克尔
看见他出鞘的心
在空中旋转
仿佛夜里所有的火焰。

1　伊里·沃克尔（Jirí Wolker，1900—1924）：捷克诗人，死于肺结核。他积极参与捷克共产党的活动，是一战后著名文学先锋派“旋覆花社”（Dev ě stil）的活跃分子。

树

从激烈的清晨
男人冲进家门，孩子的气味
敲打他的脸
愤怒、遗忘，
赶紧锁门、反锁
小心取出人、衣服
熄灭衬衫的叫喊
熄灭狱中同志闪亮的眼
听温柔如何在房里走动
树枝下，还能睡一夜
树枝下，摔倒便长眠。

胜　利

在一本洒满
爱、忧伤和世界的诗集
我的孩子们画出黄色的女士
走在红伞上的大象
停在一页纸边的鸟，
他们入侵了死亡
大蓝骆驼在“灰”字上休息
一张侧脸滑过我骨头的孤寂
天真战胜夜的无序。

菲德尔[1]

后世会称菲德尔
伟大的舵手、旧时代的纵火者
但人民说他是马，的确
一天，菲德尔跨上菲德尔
一头冲向苦痛冲向死亡
冲向灵魂的灰
历史会讲述他英勇的事迹
但我宁愿记住他 在那一天的角落
看着自己的土地说我是这土地
看着自己的人民说我是人民
打消个人一切痛苦阴影遗忘
只朝世界用标杆举起他的心
他唯一所有的东西
在风中展开，像一面大旗
像对抗暗夜的火
像对恐惧正脸爱的一击
像一个颤抖着走进爱里的人

---

1 菲德尔：即菲德尔·卡斯特罗（Fidel Castro，1926—2016），古巴共和国、古巴共产党和古巴革命武装力量的主要缔造者，被誉为“古巴国父”，是古巴第一任最高领导人。菲德尔（Fidel）与“忠诚”（fidelidad）词形相近。

把心高举，在风中摇撼
用它分发吃喝烧火取暖
菲德尔是一个国家
我在他脸上看见脸的大潮
历史会在身后慢慢清算
我只看见他　当人们为如果曾经而起
晚安　历史为你敞开大门
我们跟菲德尔、跟马一同走进。

卡米洛·西恩富戈斯[1]

清醒、生动，卡米洛走着，在海的阵流间
穿过石珊瑚和长着他胡须的怪物
还有大群奇异的生物
司令谈论古巴
声音在深渊里点起火[2]
召集淹死的可怜人
海难中被惩罚的迷途者
攻占海底国王的营房，卡米洛一刻不停
我还在四路市场[3]见过他
在从吉他飘出的人民的嘴边
卡米洛去了海里
小裁缝[4]　鸽子脸[5]　一声不吭离去
有一晚，在哈瓦那的防波堤，我们看见海上升起子弹一样的光

1　卡米洛·西恩富戈斯（Camilo Cienfuegos，1932—1959）：古巴革命领袖之一，与菲德尔·卡斯特罗、切·格瓦拉并肩作战，全国解放后不久，于 1959 年 10 月 28 日在一次飞机失事中遇难，坠入海中尸骨未存。古巴中小学生至今会在每年 10 月 28 日向大海抛撒鲜花以示悼念。

2　卡米洛的姓“西恩富戈斯”是 cien“一百”和 fuegos“火”（复数）的组合。

3　四路市场：哈瓦那一自由市场，以多条大路汇聚的优越位置和丰富的农副产品著称。

4　卡米洛的父亲是裁缝，母亲是全职主妇，家里经济比较拮据，所以他读书到八年级就辍学了，曾做过邮差、清洁工和男式成衣的售货员。

5　卡米洛非常瘦，脸小，而且“鸽子脸”也指一个人善良，连苍蝇都不打。

可爱的小裁缝在缝痛和爱的布头

任务还长

总有一天他会回来

人们会立刻贴脸亲吻，无论我骨子里多忧伤

哈瓦那——布艾利斯

因为分作两半
我遭遇
一场争斗
一次卓绝的争战，
我朝敌对双方敬礼
任其冲扑、撕咬、伤残
它们不经许可休战又再战
巨大声响惊动四邻，
走在大街上我恍惚出神
满身伤疤，哎哟，弹痕，
我的碎片熊熊燃烧
这两半恨得太炽烈
永远不得安宁除非成为灰烬
再争执已是阴影里。

墨西哥城

——给维克多·桑多瓦尔

街道上时光坚韧
我看见它把无所事事的冷
烧成石灰。
这畜生来自我的灵魂？
竟挥舞着我从未发出的
声声再会。
熟悉的石头重复堆叠
放出绝望的气味，
高处，不确切的加法
把曾经的我和现在的我积累。
我渴望这座城市
陷落梦中的她
不曾触碰早已被熟知，
这里有哀恸的手
流泪的愿望
无须指称的话语
关于我童年的问题
以及，把我们余生
展开又销熔的街衢。

诗

诗像强盗入室，偷
各种不幸，
揣走我咽气的街道、
在不发车的车站假扮的身份、
和藏满垂落的吻的巢穴。
他要干什么，用这
无风的大地
无人的郊区？
手绢太单薄
掩着春天
是温还是愠。
疼痛被验证
兑现了“绝不”的诺言，
让作恶的人在他身上唱起歌。
孩子
今晚你可以来了。

杰　宁[1]

健忘把怪物拉到太阳底下。
那里，人类的联系是另一副样子
那里，所谓的智慧束手无策
只有杀人犯
和致杀人犯的掌声。
我在哀号的空洞里摔倒，
噩梦来自遥远的国度
又属于我自身，
在你温软的皮肤旁
我被杀死了多少回。
夜析出分支
枪声响
沉船几只
　他们是为脱离古老的害兽
　在眼中破浪航行。

1　杰宁（Jenin）：约旦河西岸城市，西岸北部农产品主要集市中心。2002 年，以色列对约旦河西岸发起军事袭击，并对杰宁难民营发动了攻击。

印第安老女人

光秃的斗篷下
每条皱纹都想讨一枚硬币
平息与生俱来的叫喊，
每条皱纹都挂一个故事
没人要听却清晰入耳，因为
就写在喑哑的舌面——
有听天由命陪伴的
坐在路边数年月的
软弱时间。
她的穷困不望天，
也无暇顾及
从胸口掉落的
拖着腿逃跑的
每个转瞬。

贝尔瑟维卡诗选

Vizma Belsevica

[拉脱维亚] 维茨玛・贝尔瑟维卡

李 笠 译

【诗人简介】

维茨玛·贝尔瑟维卡（Vizma Belsevica，1931—2005），拉脱维亚最杰出的现代诗人之一，小说家，翻译家，她被公认为是拉脱维亚现代文学的经典作家。其诗和小说被译成近40种语言。

1956年苏共第二十次代表大会后，拉脱维亚诗歌开始出现新气象，以贝尔瑟维卡和伊芒斯·车多尼斯（Imants Ziedonis）为代表的一些诗人登上了诗坛。贝尔瑟维卡的成名作是诗集《海在燃烧》(1966)。爱情和自然贯穿了贝尔瑟维卡所有的诗集，她享有“爱情诗人”的称号，而她自己则说：“大家都说我是政治诗人，其实我是个生态诗人。”在苏联治下时期，她的诗成了“抵抗的准绳”和“良知的声音”。

“像一个嫉妒的女人，罗马/要求你每走一步都公开发誓/爱她……用密探的眼睛/读我的诗句，发现不再有/曾经有过的那颗忠诚天真的心”……这些诗行给她带来了麻烦，人们写反诗攻击她，党组织勒令她向组织解释。当有人问诗中的罗马是否在影射当局，她回答说“是”。这之后，她的作品被视作“带有不健康的伪现代主义倾向”，“用狭隘的观点扭曲了历史”。她因而有七年时间不能发表作品，成了一个“非人”。

1976年，由于拉脱维亚作家协会出面交涉，她才得以发表自己的新诗集。1987年她出版了最后一部诗集《金色的岁月》。同年她的长子，一位优秀的青年诗人，突然身亡。许多迹象表明这是一起政治谋杀。儿子的死导致了她停止写诗。“诗歌是用心来写的，我的心已经死了。”她说。

贝尔瑟维卡的诗歌语言与当时庸俗的官方语言有着本质上的不同。前者充满了个人对生命的体验，后者则是教条式的官腔，它不仅扭曲了语言，也扭曲了现实本身。诗歌意味着拯救语言，提供思想的自由。贝尔瑟维卡“对抗的美学”里很重要的元素就是给古旧的拉脱维亚词语注入新的生命，并完成了一栏个人的词汇表。曾有人问如果去荒岛她将带一本什么书，“穆伦巴赫编的拉脱维亚字典”，她回答说，因为“它能帮我思想。流落荒岛，人更需要思想”。

贝尔瑟维卡的长篇小说三部曲《比拉》《比拉和战争》《比拉美妙的青春》描述了自己的成长和第二次世界大战结束后的几年历史，成为1991年拉脱维亚独立后的畅销书。除长篇三部曲，贝尔瑟维卡还创作了多部短篇小说集、戏剧、童话和电影剧本。在苏占时期，因不能发表自己的作品，她翻译了大量的俄国、美国和英国作家作品，其中有普希金、阿赫玛托娃、海明威、艾略特等。她的翻译也成为拉脱维亚文学中不可多得的珍品。

大地的安宁

柔和的秋雾笼罩绿野
没有距离，没有天空。黑色的树
滴淌着白泪。一根挂满水珠的树枝
泡在喑哑的光里，仿佛幸福已至
枝杈上，鸟——密集的花苞——
不会因飞翔而绽开，它们忘记了
饥饿，鸟的担忧
一切都这般悠然自在
仿佛说：美妙的时光，应忘我地享受

做根……

做根。在地下。没有一丝光
向下攀缘。光不会去那里
根底无鸟。树枝无叶
但深处的泉水在一根根精美的发上留驻
不会渗漏。根黑色的工作
从不间断（冬眠不过是假象）
收集，汲取，喂养。做痛苦的毁灭
和生存的喑哑纽带。正是通过这怪物
无形的存在，太阳把自己的欢叫
赠给了鲜花——展现美的力量

做根。从不嫉妒花朵

睡　莲

在月光里飞行后
睡莲回到了水面——进入嫩弱的鸟梦
海鸥停落，泡沫般轻盈
不忍惊扰湖水的睡眠
月光里飞行的甘苦——
海鸥知道，还有午夜的风
褐绿的翅膀仍在扇动
梦中也眷恋着远方

如果梦中有水香缠绕
这意味着：展翅的水莲刚从你身边经过

树与枝杈

一动不动，橡树
摇落枝杈。请原谅，你
树皮上，暗红的记号，一只
打着战埋怨的眼睛

一只枯眼。也许很疼
当预见自己
注定悄然消逝
那是一个人的生命之秋

我摇落你。被爱护多年的枝杈
呢喃着飘落
然后喑哑。远离冬天的地方——
一个灰暗的春天

秋天的傍晚

秋天挥霍掉了自己的黄金
候鸟弃下空寂的树林
光秃的枝杈间，一缕夕阳
来回走动，徒劳寻找白杨的硬币

一首关于夜莺心肌梗塞的诗

你的目光在我身上徘徊
灰蓝色的期待。矜持的沉默
怎不令人惊讶——活了半辈子
却仍不知道早晨是什么
辽阔的光托起云朵的影子
灰蓝色的期待。摸索的沉默
你的目光在我身上徘徊
在世界——第一个早晨上徘徊

怎不令人惊讶——骤然
发现了世界，一个渴望净洁的世界
它让小草在露珠的泪水
——世界的心脏里清洗
此刻，鸟喉咙里的歌声
需要庄严的纯净
它让发现世界的夜莺
死于自己的歌声

我不怕。别走！别把目光抽回
我需要黎明苛刻的宁静
我歌唱，为了发现世界。生命
已走完了一半，精力已耗尽了一半
也许我不能说出一切
但寂静在等待最最纯净的歌声
你的目光在我身上徘徊
太阳从此不再升起

雨夜曲

你睡着

距离躺在我们之间

距离在雨滴里欢跳

雨滴在欢跳

在路面，在屋顶

欢跳

欢跳

你睡着

距离躺在我们之间

我的话在黑夜里奔跑

在水中

在水塘里呼啸

沿着漆黑的路，我的话……

雨只会下，没有别的

尽管雨知道水珠

落在锋利的石上就会飞溅

话只会奔跑，没别的
我的话知道距离不可能风化
不会被闭合的嘴唇抹掉

你睡着
　　　　　距离躺在我们之间
用我的话
用雨滴的节拍低语，像弱小的心脏
在执着地跳动

你睡着
　　　　　　距离躺在我们中间
这一夜

别对你的樱桃树那么自信

别对你的樱桃树那么自信
别谈论根，那种好的树
你看见它抖动黑色翅膀
舒展枝杈。果子抖动得刺眼
这不是鸟鸣，是树叶，它们
欢呼春风把树抬向云朵
别摇头，别说不
天上没有樱桃街
但地上……大地不会透露
那是什么。大地只会愤恨地挥举发灰的荨麻
绿色云朵落下红色的云
你的花园里有樱桃树吗？别那么自信

慰　藉

如披上群星欢叫的天空
我在你身上点燃我的爱
每次你伤害我
你只熄灭一颗星星……
那么——我又为什么要悲声长叹？

车　站

透过离别的岁月
你看见我，像从窗口看见一辆公共汽车
在尘土飞扬的马路上行驶
你看见我如此灰暗
沉重——好像隔着车窗告别
话已道完，而汽车
仍停立在原处

爱 情

你给我的欢乐和痛苦
就像一棵乌云中耸立的白桦
我不抱怨。一切都那么可爱
云越黑，白桦就越亮

坦诚地说

别让我们再幻想：我俩
会美满幸福。我试过
把海水倒入杯子
但无法容下

最短的夜

白天像装满水的陶罐
流入夜间的交谈
此刻，我可以向你述说
在半开着的两道回光的花园门前

此刻，我可以向你述说
倾诉衷肠——你不在这里

捉迷藏的话，退潮的词
我又怎能捕获它们，为一句话
昼夜间的时光
锋利，如晶蓝的刀刃

锋利，如晶蓝的刀刃
对准那虚无缥缈的禁果

没说出的东西
无法猜测，无法知道
半开的门吱吱作响

半开的门吱吱作响

白色的静在挤满露珠的花园绽开

落叶时节

说，你难道没看见明亮的枫叶篝火
燃烧得正旺
接着熄灭——像这些年
我为你埋葬的心里话！
我仍在你身边，此处，你以为你
了解我，随手可得
并且会永远这样——但我打开了夜门
一去不回。我不会再
烧成明亮的火焰
雨弄灭了白桦，弄灭了树篱的灼热
只有风中稀落的火星。但
这只是瞬间。明天
你秋天的女人将变成一座黑色火城
不再喷吐金黄的火花
灰烬里你不会认出你以前的枫树

你不会再见到我

你不会再见到我
但是，当风用温柔的呼吸
触弄你的头发，那是我
在说：原谅我，没能理解
没能理解眼睛或心灵的
发现，却只沉醉于手指的触摸
日常交谈发烫的沉默

我不会再见到你
但是，当一丝光
穿过焦虑的日子，那是你……

讽　刺

女人，你为什么哭？
你得把你的欢乐埋葬在潮湿的墓里？
幸福——生活架上的一本书
读后必须放回原处

小说越变越短
没有后续
故事也结束得越来越快
惊讶？不信：怎么，完了？

阅读时你血液如流——
所以最后的标点就像大坝
一本书要求不高
你不必去掸上面的灰埃

安　宁

我说，我终于活得开心了
但玫瑰流淌着血泪
被花瓣的红盆冲掉的是什么？
我不知道。我活得不错

我说：我终于感到安宁了
玫瑰只剩下了花茎
发灰的花粉。有人在哭？浮板掉了？
我不知道。我心平气和

我说：我不再等待什么东西
这灰色温馨甜美
喑哑的钟。沉睡的时间
我不再等待什么东西

我的世界被带往虚无
这是一切吗……我黯然微笑
有一天你会笔直穿过我
对周围的一切毫无知觉

这样就好

拉脱维亚历史题材：里加老城

风瞄准。风狠狠地抽打。里加一声不吭
石头的裸女一声不吭
盾徽上的动物一声不吭
塔尖一声不吭。塔尖顶上
公鸡一声不吭

风撕扯。风咆哮。里加一声不吭
像小偷冒汗的脉搏
撞击钥匙
钥匙一声不吭
胜者永远地倒下了
鹅卵石上流淌的血
将沉没

风瞄准。风恶狠狠地抽打。里加一声不吭
冷漠？迟钝？懦弱？
最好别问。没有回答
不能永生的将呐喊
自卫。反抗
永恒可以沉默

艾基诗选

Gennady Aygi

[俄罗斯] 根纳季·艾基

顾宏哲 译

【诗人简介】

根纳季·艾基（Gennady Aygi，1934—2006）是俄罗斯文学史上最伟大的诗人之一、俄罗斯超现实主义诗歌的创始人，被雅克布森称为“异乎寻常的当代俄罗斯先锋派诗人”。艾基还拥有“来自伏尔加河的马拉美”“楚瓦什人民诗人”等称号，也曾获得国内外很多文学奖项，包括1972年的法国科学院奖、1987年的安德烈·别雷奖、1993年的彼特拉克奖、2000年的帕斯捷尔纳克奖等，其诗歌被译成20多种语言。诗人身份之外，艾基还是一位杰出的翻译家，把其他国家的诗歌翻译成楚瓦什语，把楚瓦什语诗歌译成俄语进而推向世界，在故乡与世界中间架起一座文化的桥梁。

艾基生于苏联楚瓦什共和国的沙木尔奇诺村，早年从事楚瓦什语诗歌创作，后受到帕斯捷尔纳克影响开始用俄语写诗。艾基的诗歌风格极其独特：独特的可视性图形外观、独特的节奏、独特的标点符号系统、独特的分节形式和形象体系、独特的标题、深刻的冥想性。艾基的每一首诗都像一幅画，可视性极强。而许多看似真实的画面实际上是一种幻觉，是思想者闭目冥思的结果，如著名的《雪》中落雪的场景。标点符号极端个性化，起到乐谱符号的作用。随处可见的破折号，把原本连贯的诗句分割成看似破碎的结构，改变诗歌的节奏；多用冒号、逗号，有时完全没有标点；常用通过连字符把几个词连成一个词的特殊结构。诗歌的分节不匀称，每小节的行数不一样，诗行交替没有规律。因此，艾基诗歌在声音层面具有极大的不连贯性、模糊的离散性。其意象体系可称极为贫乏，在俄罗斯文学中是绝无仅有的。常见的意象屈指可数：梦、田野、雪、路、夜、童年等。这些意象与故乡、回忆、纪念等主题一样贯穿艾基的整个诗歌创作。而且词汇数量很少，词语简单朴实。艾基利用少量经常重复描写的意象创造了一个奇异的、在语篇中难以描述甚或完全无法描述的、刻意脱离语篇的可以有多种解释的世界。与多数俄语诗歌不同，艾基的诗歌都配有题目，难以命名的就称为《无题》，标题的文字与诗歌的意象体系形成一种奇妙的对应。艾基擅长写短诗，诗的原始形式在“微型”作品中有时达到极简，比如，诗歌《辅音的安静》由一个字母“a”构成。艾基诗中充满抽象的隐喻，常见只用个别的词语表达的残缺形象和思想，晦涩难懂，但同时提供了多种个性化解读的可能性。诗语也常打破常规的语法规范，词与词处在一种全新的联系之中，形成某种断裂，为“沉默”提供无限的空间。

艾基认为，“诗歌的本质是对生活的关注”，他的诗歌远离政治，却有着深刻的历史性和世界性，渗透着强烈的悲剧性。他善于观察和利用身边的一切，从庸常和习以为常中发现崇高，把它们变成艺术表现的对象，表达自己对生命与世界的感知。楚瓦什和伏尔加河地区民间文学及整个民间文化对他的影响很大，故乡的田野和森林在他的诗歌中占据重要地位，甚至“获得某种普遍意义”。他将楚瓦什诗学与被他楚瓦什化的俄罗斯和西方先锋派诗歌传统结合起来，形成一种非凡的风格。

静

1

从记事起
由于眼睛里的疼痛
我就知道
是什么样的打击、在哪里
渲染了我们的沉默
这里，这个万物苏醒的地方
装满了回忆

2

而那些那时才看到这个世界的人
如今开始第一次分辨
什么是黑什么是白
他们欢欣鼓舞，急于告诉人们
这就是白——
这就是黑

3

醒目

是不一样的碎片

喊声中我似乎经年

在寻找

皮肤纹理一样

深藏于我内心的各种关系

当我踯躅前行

被牛蒡一样的嘲笑包围

在峡谷中的某个地方

独自一人

（哦，曾经

是多么

孤独和单纯

只有我和田野

像世界）

在这里

像林海深处的密林
隐秘之地的实质被我们选择
它可以保护人们
而生命走进内心就像道路通向森林
于是我觉得“这里”这个词
成了生命之谜。
它意味着天空、大地
阴影中的东西
我们眼睛看见的东西
诗歌中我不能分享的东西
和永生的谜底
不高于
被冬夜照亮的灌木丛——
雪地上方白色的枝条
雪地里黑色的影子
在这里一切都相互呼应
用天生高贵的语言
就像——五味杂陈无法解除的命运中——
五味杂陈而且无法解除的命运中

注定无穷无尽的自由
从来无须高贵地——呼应生活
在这里
在北风摧折的树枝的尖上
风平浪静的花园中
我们不寻找大堆丑陋的枝条
它们像虚弱的身体一般——
拥抱着被风
撕裂的不幸
我们亦不知道能够高于其他的
言语和符号
我们生活在这里，在这里我们十分幸福
在这里我们无声地搅动现实
但如果与它告别是严酷无情的
那么这里也有生活的参与——
像离开它自己一样
我们听不到的消息
也离开我们
如水中灌木的倒影

它留下来是为了在我们走后占领
为我们服务完毕的
我们的位置
是为了让人们的空间只被
生活的空间取代
永永远远

远　行

纷争，还有远行、书信
都会被遗忘。
我们终将死去，
留下的只有悲伤，
人们会怀念浪花若隐若现的痕迹
在他们的梦里，耳朵里，
在他们的疲惫里。
怀念那曾经被称为“我们”的
痕迹。
所以，不要抱怨
生活、人、你和自己，
当我们一起
离开人世，
像同一朵浪花，
当你我的坟墓之间
不是飘扬着雪花、横亘着铁轨，
而是回响着
音乐。

做客归来

深夜我走在空荡荡的城市里
步履匆匆
快点——到——家，
因为在这里，——
在大街上，
太难以找到
拥抱石头的热望。
而且——就像狗——用牙床——咬住手——
用手抓住——自己的——衣袖——
而且——像压力十足的机器
发出的声音
是在那个家中会面的印象
我刚刚从那里离开；
而且——某人——真可怜——总是——很可怜，
就像黑与白之间
分明的界限；
而且——那低垂的头颅，有它在
我似乎就能远远地记住自己，
我会保持到清晨，
并用手肘在桌面摩擦
像磨蜡一样。

心爱的

苍白的脸——
静谧的金色外皮！……
梦在某一个地方游动
轻盈，
除了上帝的
自我游戏
一无所有
在它的这种掩护之下。
于是——从这个原始的
游戏之中
我知道了
什么是寂寞。

春天的窗口——在特鲁博纳亚广场上

——致 B．雅科夫列夫

这些空旷透明的城市
熟知我的童年
那些年所有的花开花落、喧哗笑闹
都幻化成了摇动的方格，
只要我把它们轻轻触摸，
姑娘们的婚礼
仍然会像从前一样举行
没有音乐，没有门窗；
远处微微发亮
那是幽幽的绿色，
在她们身后，在那里，
被雨水淋湿的屠夫
倒在鱼堆上哭泣；
再一次举步、跨越——
我在这里，我在这里；
举步、跨越——
一次到永远——
我梦见——红色的——破碎——与整合
就像雾里的钟声——
——也像——赞美歌的——序曲

来自南方的消息

金光结束了梦境，把人折磨
白天它若隐若现
而在某个地方藏着一张脸的轮廓
像雪橇一样一目了然和空旷
远远地追上我的身影
使我焦虑，皮肤发亮
它善于用眼神掩藏
大海和别人的旗帜
用狭窄的黑色液体
把它们与心脏融合
小心翼翼地保存在
思想——车轮——纵深——被烧焦的——灌木丛——的记忆里
斜着露出太阳穴
似乎血色中闪烁着金光
这情景我在梦中见到
那是被墙壁撞破的脸！——
而且，就像抚摸向日葵的伤口
安慰的话语在衣物和发际游走

宛如被扯到山上的光线
这等于用黄昏时分胆怯的雪花石膏
去填充圣杯的花纹

八月的早晨

我们不知不觉为自己藏起了白天
就像把花园中的叶子藏到正房
而它驯顺地隐藏在
这座房子里的某个地方孩子们玩耍的地方——
独立于我们之外
我们毫不相干
就让这光明分毫毕现地创造你
那样总在永远失去的东西
会留下痕迹：
所有地方所有门窗总是开着
枝蔓撕扯着光明
把它从全民苦难摇曳的微暗中
引到我们心里，
还有悬在我们上方的事物
在它们的后面早就保存着
羞怯面容的反光
在最初一线光明的最深处

冬日的窗外

头颅
像美洲豹一样剧烈的动作，
我转过身，忘记了言语；

恐惧深深地占据
言语的位置，

它被追踪已久
从窗口——经过——雪堆——向下——斜着——

直到漆黑的隧道；

我被毁灭已久
在这整个的路程，
远远地，从门下的缝隙
黑暗中的白色分杈
敲打在
心上——

比台风中的人脸还可怕；

一切都多到不能再多，有些东西
在我周围，像海豹一样密集
轻轻地抖动
如同湿漉漉的衣领和沉甸甸的枝条；
闪耀，好像密集的海豹群
由汽笛和车灯组成；

而当这虚弱的空间
慢慢地分裂，
显出黑暗中的我，

我整个人
被留在这重重叠叠的黑暗中，——
有点令人心疼
而且带着难以描述的妈妈的印记

像锁骨旁的青斑

道　路

谁也不爱我们的时候
我们开始
爱母亲

谁也不给我们写信的时候
我们想起
老朋友

我们说出一些词语仅仅是因为
沉默使我们害怕
而行动有危险

最后——在偶然走进的荒凉的公园里
我们哭泣，因为悲惨的乐队
吹奏的悲惨的音乐

寂　静

似乎
你是在穿过血管
走向光明。

甚至这里的梦也好像
复杂的经络。

有什么办法，我们在这个世界上
扮演人的角色。

而在那里——
是流云的栖身之所，
和神明之梦的
屏障，
和被我们破坏了的我们的寂静，

因为在底层的某个地方
我们把它变成了
可见可闻的东西。

我们在这里大声说话
口吻清晰可辨，
但是谁也听不见
我们真实的声音，

成为最纯粹的精英，
我们却认不出彼此。

死　亡

没有摘下头上的围巾，
妈妈就要死了，
我平生第一次
因为她那家织围巾的

难看而哭泣

哦，雪地多么寂静，
好像昨天恶魔的羽翼
将它扫平，

哦，雪堆多么富有，
似乎在它们的下面——
是堆积成山的

多神教供品。

而雪花
还在不断给大地带来

上帝的象形文字……

雪

因为近处的雪
窗台上的花变得奇异。

你哪怕对我笑一笑，因为
我不说
我永远也不能明白的词语。
我能对你说的一切是：

椅子，雪，睫毛，灯。

我的双手
普通而疏远，

窗框
好像是用白纸裁成，

而在那里，在窗外，
路灯的周围，
雪花飞旋

从我们的童年开始。

它将一直飞旋，只要这世界上
人们还能想起你并和你交谈。

这些白色的雪片
我曾经真切地看见，
我闭上眼睛，却不能睁开，
白色的火花飞旋，

我却不能
让它们停下。

春天的田野

在那里奇迹掩盖了智慧

达尔东诗选

Roque Dalton

[萨尔瓦多] 洛克·达尔东

欧阳昱 译

【诗人简介】

洛克·达尔东（Roque Dalton，1935—1975），萨尔瓦多著名诗人，被认为是拉丁美洲最不能不读的诗人之一。他曾在智利大学攻读法律，同时对社会主义产生了浓厚兴趣。后参加共产党，于1959年被军事当局监禁。1961年获释后流亡，离开萨尔瓦多去危地马拉，然后去到古巴，在那儿发表了大量诗文，后又去墨西哥和捷克斯洛伐克。1965年重返萨尔瓦多时被逮捕并遭到美国中情局的审讯，被判死刑，但因发生地震，监狱倒塌而逃生，在革命同志的帮助下，重又返回古巴，随后去布拉格，在那儿长期过着流亡生活。后参加萨尔瓦多的人民革命军，但因与该组织的领导发生分歧，产生矛盾，被该组织判处死刑，在他40岁生日的四天前被处决。

达尔东在萨尔瓦多家喻户晓，他的头像出现在该国的多种邮票上。他的名言广为流传：“诗歌就像面包，人人都需要。”他的许多诗歌都被谱曲。达尔东于1969年在古巴获得古巴文化机构“美洲之家”颁发的诗歌奖。他去世后获得了萨尔瓦多政府授予的“功勋之子”和“最佳诗人”两项称号，还获得萨尔瓦多大学的名誉博士学位。

另据达尔东称，他“与聂鲁达家没有任何关系”，表明他与聂鲁达完全不是一路诗风的诗人。他的诗歌感情激越，活力充沛，语言鲜活，形象丰富，十分幽默，常以俚语和日常语言入诗。

达尔东一生出版有15部诗集（《酒馆和其他地方》《面孔上的窗口》《地下诗篇》等）、一部长篇小说、一部剧本，以及诸多短篇小说和谈文学及政治的评论文章与散文，作品被译成英、法、俄、意、捷克等多种文字。

二十七岁

活到二十七岁
是件严肃的事
实际上这是
最沉重的一件事
我淹没的童年的朋友
在我周围纷纷死去，
我开始在
想，我也不会
永远活下去了

确 定

折磨了四个小时后，那个阿帕奇人和另外两个
警察往囚犯身上泼了一桶水，把他弄醒
然后说："上校命令我们告诉你，你将有
一个机会，可以救你自己一命。如果你能猜出我们哪个装了
一只玻璃眼睛，我们就饶了你，不折磨你了。"囚犯从行刑者
脸上一个个看过去之后，指着
其中的一个说："他的眼睛。他的右眼是玻璃。"

几个警察吃惊地说："你有救了！但你是怎么
猜出来的呢？你的所有同伙都没猜出，因为那眼睛是
美国造，也就是说，完美无缺。""很简单，"囚犯说着，
感到又要昏迷过去。"那是唯一一颗不带仇恨
看着我的眼睛。"

当然，他们继续折磨着他。

忘　却

昨夜，我梦见，有人告诉我说：你的爱死了。

你的爱，你年轻时爱过的少女
已经死了。

死在南方一个寒冷的城市
那儿的公园是一颗巨大无比的露珠，
死在这样一个时辰，此时，雾还是个处子
而城市转身，把背对着
绝望灵魂的凝视。

她死时——他们告诉我说——没有说出你的名字。

像你一样

像你一样，我
也爱爱情、生活、万物的
甜香、天空——
一月每一天的蓝色风景。

我的血液沸腾
我通过眼睛大笑
这眼睛熟知泪水的蓓蕾。
我相信世界很美
我相信，诗歌就像面包，人人都需要。

我相信，我的血管不在我身上终结
而在那些为生活，
爱情，
小事情，
风景和面包，
以及人人都需要的诗歌
而挣扎的人的一致的血液中终结。

凌　晨

你知道我死时，不要说我的名字
因为死亡与和平还得等待。

你的声音，你五种感官的铃声，会形成
我的轻雾寻找的细瘦的光芒。

你知道我死时，说点别的什么。
说鲜花、蜜蜂、泪滴、面包、风暴。

别让你的嘴唇寻找我的十一个字母。
我想睡了，我爱过，我学会了沉默。

别说我的名字，当你知道我死了：
我会从黑暗的地下出来，寻找你的声音。

别说我的名字，别说我的名字。
你知道我死时，别说我的名字。

该烧成灰了

九月快结束了。该告诉你
要死还真不易。

例如，今天下午，
我用灰色的手握住的
几本美丽的书，我都看不懂，
雨停时，我连歌都唱不起来
我孩提时代爱过的第一条狗的
记忆，仿佛晴天霹雳击中了我。

你昨天离开我后
就连音乐都潮湿而寒冷。

我死后，
他们会记得我每天早晨明显的欢乐，
我无权倒下的旗帜，
我顺着炉边传递的冷酷事实，
我与希望要求的石头喊叫
保持一致的拳头。

没有你很冷。我死后，
我死后
他们会好意地说，
我不知道怎么流泪。

现在又下雨了。
从来没有七点差一刻这么晚过
因为这是今天。

我心里痒痒的，渴望大笑
要不就杀死我自己。

我　要

我要谈谈生活中所有旋律悠扬的
角落我要收拢一条河流的文字
梦境和名字报纸里略去没说的
东西寂寞者在雨隙中
受惊后的痛苦
我要救助情侣枝叶落尽的抛物线把它们交给你
放在孩子玩的游戏面前
详细解释他每日甜美的毁灭
我要说出人的音节
其悲痛的声音
我要给你看他们的心在何处一拐一瘸
我要暗示谁配在背后
给以枪子我要跟你讲讲我自己的那些国家
我要强加于你开拓了世界条条道路的伟大
移民中成群外出的人
我要谈谈那些浑身泥水躺在沟边的人的
爱情
我要跟你讲述火车
讲述我的那位用别人的刀杀死自己的朋友

讲述被神话的礁石被盲目

击碎的所有男子

讲述我的三个儿子都会活过去的这个世纪

讲述鸟的舌头和四条腿的巨兽

惊逃时激起的狂暴的泡沫

我还要跟你讲述古巴

和苏联的革命

讲述我仅因眼睛就爱上的那位姑娘

讲述缩短的风暴

还要讲你充满黎明的生活

还要讲那些问你说谁见到你了这话是谁说的

我怎么会在你之前就到了

这儿的人

还要讲大自然的一切

还要讲人心和人心的证词

讲彻底湮没前的最后指纹

讲细小的动物讲温柔

我要说 yes 跟你讲所有那些告诉你

我本人知道反过来又有人告诉我

或是我在那间巨大的痛苦之房生活时得知的许多故事
以及我之前其他许多诗人说过的
你要知道也很好的事情

我无法给你更多——诗歌的门
关上了——
除了我自己在沙上被砍头的尸体。

我跟你说

国家跟你自己一模一样
岁月流逝，而你不可能越活越年轻
应该为愿意继续当萨尔瓦多人的人颁发忍耐奖
贝多芬耳朵聋了，还得了花柳病
但世界获得了第九交响乐
你之所以失明是因为火光
你之所以哑了是因为呼喊。

我会回来，我会回来的
我不会带回和平，但我会带回猞猁的视觉
猎狗的嗅觉
伴着国歌的饥饿爱情
你已经吃掉了洪都拉斯
　　弗朗西斯科 - 莫拉桑省的肉体
现在，你要吃掉洪都拉斯
需要扇你一耳光
用电击你
对你进行心理分析
你才会回到你真实的自己

你不是拉斐尔·梅扎·阿约先生，也不是墨德拉罗上校[1]
我们得把你放在床上
只让你吃炸药面包和水
每隔十五分钟用莫洛托夫鸡尾酒洗你
然后，我们就一起
打响一场真正的战争
看你是不是能睡得打鼾
正如因方特·佩德罗[2]曾经说过的那样，
新娘子发怒，老妈也怕。

1 墨德拉罗上校：应指 José Alberto Medrano（1917—1985），萨尔瓦多的一位将军。

2 因方特·佩德罗（Pedro Infante，1917—1957）：墨西哥电影演员。

论头痛

当一个共产党人真好
尽管你会很头痛

因为共产党人的头痛
是历史性的，也就是说
头痛不会因为止痛药而消失
只有在地球上实现了天堂才会消失。
事情就是这样的。

生活在资本主义制度下，我们头痛
我们的头被人宰割。
在革命斗争中，头是一颗延时
炸弹。
在社会主义的建构中
我们计划头痛
这并不能缓解头痛——情况正好相反。

除了别的，共产主义将会是一颗
大小如太阳一样的阿司匹林。

第十六首诗

制定法律，就是为了让
穷人遵守。
法律是富人制定的
为的是能够剥削得井然有序。
穷人是历史上唯一遵纪守法的人。
穷人一旦制定法律
富人就完蛋了。

勇士的安息之地

死人每过一天就愈加不安起来。

他们曾很自在
我们曾撑起硬领、鲜花
在长长的名单上赞美他们的名字
国土的神龛
了不起的影子
畸形的大理石。

为后世把尸体迁走了
返回到队列
按着古老音乐的节拍走正步。

但再也不了
死人
已经变了。

他们都变得爱讽刺
他们都爱问问题。

我觉得他们好像都开始意识到

他们已经成了大多数！

恶　意

国土，你并不存在
你不过是我本人的一个糟糕的轮廓
是敌人说的话，我觉得

我从前觉得你太小
北到不了北
南到不了南
但现在我知道，你并不存在
看起来好像任何人也不需要你
我没听见任何母亲谈到你

因此我开心
因为这说明我虚构了一个国
尽管为此我可能被关起来

那我就可以成为你海岸边的一个神

（我的意思是：如果我是侨民
那你就是侨国）

OAS[1]

我国总统
如今叫菲德尔·桑切斯·埃尔南德斯陆军上校
但尼加拉瓜总统索摩查将军
也是我国总统。
巴拉圭总统斯特罗斯纳将军
也算是我国总统，只是还没
　　　　　总统到
洪都拉斯总统
洛佩斯·阿雷利亚诺总统的地步，但比海地
　　总统杜瓦尔先生
更总统。
美国总统是我国
　　　　　总统
比我国总统更总统，
那人，我说过，如今
叫菲德尔·桑切斯·埃尔南德斯陆军上校。

1　OAS：指 The Organisation of American States（美洲国家组织）。

找麻烦

我在政治监狱里第一次开会的晚上下雨了
我滴雨的方式为戈雅画作中直接走下来的四
五个角色所庆祝
房里的人看上去都有点厌倦
可能是厌倦他们每天做梦都想发生的迫害
乃至折磨。

邦联制的奠基人和打击者说话
声音有点沙哑，说要我
选择一个假名
要我每月支付五块钱
要我们每星期三见一次面
要我讲学得怎么样了
要我们今天读一篇列宁的小册子
要我们不必一天到晚都说“同志”

会开完时雨停了
妈妈怪我不该回家回得太晚了。

基尔施诗选

Sarah Kirsch

［德国］萨拉·基尔施

马文韬　译

【诗人简介】

萨拉·基尔施（Sarah Kirsch，1935—2013），原东德诗人，当代最重要的德语诗人之一。1967年出版了第一部独立诗集《乡村行》，在东、西德一举成名。其后陆续出版有多种诗集，包括《一只鸟儿在地上走》《咒语》《顺风》《水上音乐》《诗意墙报：夏之诗与冬之诗》《无底深渊》《爱天鹅》等。还出版有小说集、报告文学、散文集、手记、游记、日记、译著等多类型著作。1977年之后，基尔施移居西柏林及北德偏僻乡村。到西方后，她没有像许多原东德同行因水土不服而事业式微，反而在宽松的创作环境中硕果累累，获得了毕希纳奖等诸多奖项。

基尔施继承和发展了德语诗歌中浪漫主义和后浪漫主义的文学传统。其风景诗和爱情诗采用了童话和神怪剧的古老母题，但具有反古典的意味，在她的风景诗中，变幻无穷的大自然暗藏着危险，原始的自然已遭到现代文明的损害，浪漫主义的人与自然的和谐已消失，自然和社会之间存在着紧张关系；而她的感情深挚的爱情诗则隐含着沉忧和讽刺。她的许多诗歌都带有政治色彩，她是从个人经历和个人的主观感受出发来评判社会政治和性政治的。她笔下的自然和性爱大多与政治紧密相连，她曾写道："如果我对政治不感兴趣，那么我就不会写诗。"她将艺术视作凶险的"海景画"，视作走钢丝般的审美游戏，用"美的矛盾"来艺术地再现社会矛盾和两性冲突。

东德作家彼得·哈克斯曾将独特的萨拉诗风称作“萨拉之音”。基尔施在当今这个祛魅的时代谱写了一首首哀歌变奏曲：对爱情的失望和对性政治的厌倦、极权主义对个性的压制和对个人生活的干预、科技进步和消费主义所造成的生态危机以及当代生活的平庸乏味。“萨拉之音”的形式特征为：鲜明的视觉化意象，无定型的形式，紧张的节奏，即兴奇想，俗语雅语并用，几乎不打标点，省略词的前缀或后缀，创造新词，频繁的跨行形成滑动的断裂以引发多种阐释。萨拉的言说简洁而凝滞，她避免采用平滑、和谐、流动的诗行，她的诗歌具有一种涩滞的强度，其冷峻、任性和执拗的个性使她的诗歌被称作“倔强的哀歌”。

空气中已经有雪的味道

空气中已经有雪的味道，我的爱人
披着长发，啊冬天，把我们
紧密抛到一起的冬天来了，驾着
灵缇[1]拉着的雪橇。它将冰花
撒满了窗户，炉灶中炭火通红，
你最美的白雪王子将头放在
　　我的怀里
我告诉自己这是
不再停歇的雪橇，雪径直冰凉地
飘落到我们心中，院子里的
煤渣桶上它还泛着红光宝贝乌鸫喁喁啁啾

1　灵缇：又名格力犬，是世界上奔跑速度最快的狗。

维珀斯多夫[1]（选一）

令人敬畏的双层屋顶的
华厦——在这里我感到
双倍的孤独经受着
晴空和噼里啪啦的冰雹
还有柔和如水的月光。啊，我
忆起那感人的岁月，几乎如同兄长那
温柔的手在清晨把我唤醒，快乐
的日子犹如孪生儿难以区分。我后来
都做了些什么。我勤奋地
抓住诗神阿波罗不放同时
又竭力去赢得一颗完美跳动的心——
一切终归徒劳。到头来
我拥有的只有我，和一个稚嫩男童
以及不断增加的
岁月还有时而
如羊群缓缓游动的白云。

1　维珀斯多夫（Wiepersdorf）：地名，位于勃兰登堡州，德国浪漫派诗人阿希姆·冯·阿尔尼姆及其妻诗人贝蒂娜曾在此居住。在民主德国时期，他们的庄园曾被用作文学艺术工作者创作和疗养的场所。萨拉曾来这里，写下《维珀斯多夫组诗》，被誉为 20 世纪最成功的组诗之一。

老　鹰[1]

雷声隆隆；红火焰
将天空扮靓。针叶林木
浑身颤抖。一只浪迹天涯的鸟
展翅风中坦然地
在天空盘旋。它南边的眼睛里
有你，北边的眼睛里是我？
我们如此四分五裂，只有
在这只鸟的脑袋上才完整。我为什么
不是你的仆人那就可以
待在你的身边。在这电闪雷鸣的夏天
没有人在想自己千万
映象中的太阳无非一副可怖的面孔。

1　此诗背景是两德分离期间，生活在东柏林的萨拉和西柏林的诗人梅克尔相恋，大墙两边的恋人难以相聚。

断 线[1]

风筝升空。这是

没有树和水塘的宽敞平地上的游戏。用纸

做的星

　　　　在广阔的天空中

升起，不可阻挡地

被拖进阳光，越来越高，离开了人们的视线

不断地上升，上升

属于我们的是剩下的断线，还有我们

　　　　与你相识。

1　这是诗人移居西柏林后写的第一首诗。萨拉为歌手比尔曼辩护被开除党籍、取消作协理事资格后，离开了民主德国，移居西柏林。这期间她与西柏林诗人梅克尔分手，在意大利认识了后来成为她多年生活伴侣的作曲家施魏尼茨。

唐璜上午来

唐璜上午来
他打来了电报这让我
颇费思忖我计划的相聚
在花前月下还有喷泉现在
时间紧迫不能画眼影
也无法洗脚
只好就这样站在城前看到他
疾驰而来骑着摩托
大衣后摆在身后飞舞
长长的白围巾在肩头飘扬
眼窝深陷嘴唇干裂我问他
为什么这么早启程
晚些时候约会岂不更好
说什么蠢话他边说边随手把跑车
扔到一旁摘下帽子
拥着我倒在草地上四周的草顿时
格外茂盛起来他给金属鸟
上满弦这鸟立刻开始鸣唱
这是莫扎特的某个主题的变奏

他说他熟悉这曲子

熟悉各种电唱机勋伯格

现在我要熟悉你他说

这一定会十分惬意

冬之乐曲

我曾是一只红色的
狐狸高高地蹦跳着
获取我之所求。

现在我是灰色灰色的雨。
在我的心里
格陵兰岛山亦有我的足迹。

岸边有一块明亮的石碑
上边刻着：无人返回。
这石碑缩短着我的生命。

天涯海角无处不
充满痛苦。爱情
犹如一个人折断了脊柱。

夏　天

人烟稀少的乡村。
纵然广袤的田野上跑着巨型农机
镶嵌在黄杨林木篱笆中的村庄
仍然昏昏欲睡；自由自在的猫
难得有投石惊扰。

八月流星划破夜空。
九月吹起狩猎号角。灰雁还在
飞翔，仙鹤依然在未遭毒害的
草地上漫步。啊，如山的云
飘过树林上空。

假如这里人们没有订报
那么世界仍然一切正常。
煮着李子酱的锅里
映出自己美丽的面庞
田野一片火红。

鹅卵石路

看不见它，雪将它覆盖。洁净的白雪
在阳光下闪耀。翘起的石头硌着
脚板。每当同时踩着两块石头，
才走得平稳。我若来到鹅卵石路，便开始
像马一样小步奔跑。我那飘动的头发
仿佛翅膀。耳朵后挂着铃铛。趁没有跌跤
我已走得很远。

平　原

我可爱的山谷
冲着我微笑。

每天都气象万千
空气清新青草和
云彩的轮廓鲜明夜里
水上升起好似圆盘的明月
大地上奔跑的动物
腾起沉重的躯体
柔软的颈项迎风跃动这一切
怎能不让我孜孜不倦地称道
苦痛与悲伤无处不在
深入挤压快乐的心田
嬉戏的秋蚊随风逝去
如同无边的萧萧落木
不等感觉到呼吸困难
严寒便把我们毁灭
离别可能颇为冷静
纵然我们肯定知道脚下的大地
还要长久存在我们
也会欣然离开

克鲁索

这里有它
寂寞的
魅力
一种没有人
再知道的东西
但对写作者
则是极大的鼓舞
衰败的世界日益
沉沦其功绩
就是对绿色进行的讽刺。

我的绿色牢狱给我
带来异乎寻常的乐趣
我像《鲁滨孙漂流记》中的克鲁索
在自己的田地里耕耘
见到我鸟儿欢笑母狐如逢知己
还有那些挺拔的橡树
清晨用它们的果实把我唤醒。

自然保护区

波茨坦广场[1]上

蹦跳着世界城市的野兔

面对这块大草地我无法

相信祖父对我的讲述

这里曾是世界的中心

当时还是青年小伙的他

开着鹰牌小汽车

和一位俏丽的姑娘兜风。

巢居在高墙上的燕子

在业已消失的饭店中飞来飞去

茂盛的草地和灌木丛中

升腾起缥缈的雾霭

纵然大自然尽其所能让石子路

和电车轨道杂草丛生也难

阻挡人们意欲闯入的脚步。

1 波茨坦广场：东、西德期间，柏林市分成东西两部分，二战中被毁坏了的波茨坦广场处于两部分中间，成为隔离地带。诗中的“高墙”即东德修建的柏林墙。

与日俱增的寒冷

冬天过早地来临
十一月温度表就标示出
北极才有的温度
漫天大雪下个不停
很快就只能见到屋顶
白雪覆盖了林木
只露出个别高耸的树梢。

人们如同鼹鼠那样挖掘
从房舍到谷仓的路径
抱怨之声此起彼伏
打开房门得花多少气力
更不要说如何去取饲料
如何为牲畜饮用水加温
直到高压输电线杆
在暴风雪中轰然倒塌。

现在毙命的牲畜不计其数
剥皮和磨骨粉的进度

无法满足形势的需求
天天收集横尸田野的牲畜
借助木板和石块将其堆摞
想到天气可能忽然转暖
农夫不禁毛骨悚然。

为了外出购买取暖燃料
我穿上皮靴戴上羊皮手套身上
还裹着两条毛围巾看见
一只猫直挺挺僵立在雪地里
分明行走间突然动弹不得
绿色的双眸还亮光闪闪
越过田间小路朝着村里眺望。

雪　屋[1]

从天而降之物都有足够的存储
尽管人们尚不相信自己的眼睛
现在高楼大厦就是低矮的村居，生活
不得不在这里转入雪下，通过
雪中隧道去商店学校和地铁车站
迷路的人不在少数

也是该着！暴雪骤降之际我们刚好
　躺在床上
多么幸运啊我们欣赏音乐，平常就是
到了春暖花开也难有机会相聚
分离嘛这会儿想都别想
眼下独自一人无法生存雪厚厚地压着
大地我们去买酒和面包
可是无法找到通向那里的道路

他在我们面前的雪里挖出一个空间我们决定

1　此诗是一首描写雪灾之作。

按照哥特风格装修我们的雪屋，拱顶
和家具都像模像样雪屋的一切
都以雪制成高高的书架上的书
可以随意更换，我们甚至自己
在纯粹的冰板上印书凸版一经加热
立刻几本古典名著便出现在面前
现在该休息了钟表
　也要上弦

待在我们脚上的爱斯基摩犬钻进睡袋
时而不小心便滚落到光滑的地面
接着睡袋就激烈地活动起来，喂别让火熄灭
不过我希望我们不要躺在湖泊上面

毁坏的开端

无法到上面行走沼泽围绕着它
人四脚的动物都永远无法
踏进这块被施了魔法的诱人草地
无法触及那黑树的皮肤，这些树
是擎天巨柱，看不到那啼鸣各异
从振动的枝叶里飞出的鸟
冠毛奇异的美轮美奂的珍禽，为数
众多的啄木鸟还有羽毛呈蓝色的鸽子。
连相邻牧场的奶牛，迟钝的畜生，也时常
试图逾越边界，它们蔑视面前的栅栏
愣冲硬闯招致胸部伤痕累累。到了那边
头上戴的标识牌逐渐沉没。
沼泽地居心叵测铁锈一样的水
让我们望而却步。我们看到
草地上露珠日夜闪耀
那里的花从未受到尘世凡人的
骚扰那里的星斗格外璀璨，植物根深叶茂
树冠得意地摇曳，难以实现的愿望让
我们变得郁郁寡欢，站在普通的
奶牛牧场上心中充满了渴望。

音乐课

他妈妈教我用在园子里
干活的手指在琴键上跳跃
钢琴受到沉重打击
大叫起来震得奶油壶把
乖乖地断裂掉下。

我转身去瞧温柔的事物
房东如何坐着轮椅
顺着花园台阶下来
驶过一片灰色的屈曲花丛
没有留下任何的痕迹。

生　活

风不停地
将畜栏的门打开又关上
周遭的空气中
响着叹息和急促的脚步声
未割过的草地上
走过一只狐狸般红色的猫
身上披着起伏的波浪

皮扎尼克诗选

Alejandra Pizarnik

［阿根廷］阿莱杭德娜·皮扎尼克

汪天艾 译

【诗人简介】

阿莱杭德娜·皮扎尼克（Alejandra Pizarnik，1936—1972）是拥有俄罗斯和斯拉夫血统的犹太裔阿根廷诗人，1936年4月29日出生于布宜诺斯艾利斯。自幼长期受失眠和幻觉困扰，药物依赖严重，少女时代开始接受精神分析。19岁出版第一本诗集，青年时代旅居巴黎数年，曾在索邦学习并翻译法国诗人的作品，与帕斯、科塔萨尔等作家建立了深厚友情。曾获布宜诺斯艾利斯市年度诗歌奖一等奖，也曾得到美国古根海姆和富布莱特基金会的资助。生命最后几年因抑郁症和自杀倾向多次进出精神病院，1972年9月25日在布宜诺斯艾利斯因吞下大量巴比妥类药物而去世，时年36岁。

皮扎尼克的身上汇聚了青春、黑夜和内在的痛苦。塞萨尔·艾拉在为皮扎尼克所作的传记中将她的青春称为“被诅咒的诗人最后的化身”。从诗集《最远的土地》《最后的天真》，到《失败的冒险》《狄安娜之树》《另外的诗》《工作与夜晚》《取出疯石》《音乐地狱》，再到那些从未结集成书的遗作，在她几乎全部的作品中，我们都能感觉到一种提纯、精炼、不断向中心靠近的意愿和努力。

1967年，皮扎尼克开始写作散文诗，语言在她手中炸裂，将过去短小精悍的片段碾成灰：曾经对她而言是通往自由之路的语言此刻紧紧缠绕她，吞噬她。这段时期她已经感受到自己奋力遏制多年的巨兽埋伏在外就要抓住她了，实际生活的问题变得格外尖锐，她开始更大剂量地用药，甚至在深夜和清早纠缠她的朋友们以求陪伴。1968 年她获得古根海姆基金会的奖学金资助前往纽约生活一年，环境的变换只给她带来更大的噩梦。她又短暂地停留巴黎，却无法再体会到曾经的感受，那场旅途同样以失败告终。回到布宜诺斯艾利斯之后，她人生的第三个阶段——也是真正的崩溃——开始了。过量用药时有发生，她因此被数次送进皮洛瓦诺医院的精神诊疗部，其中有一次长达五个月之久。

皮扎尼克一生中创作的最后一首诗留在她书房的黑板上，直到她死后才被人发现。诗人用粉笔写了五组诗句：上边一组，右边一组，左边两组，中间一组。中间的那一组这样写道："我别无他求 / 只想 / 一直走到底部"。皮扎尼克的人生是一个热切的、被诗歌点燃的故事，终其一生，她不断撞击着那堵名叫"诗歌"的墙。自创作生涯伊始就围绕内心阴影写诗的她以无可否认亦无可比拟的生命烈度燃烧出女武神的声音，写出"准确得恐怖"的诗歌。在文学和生命之间，她选择了前者。到最后，这场旷日持久的缠斗，是她自己放弃了拯救自己，不惜一切代价寻找诗歌，用词语命名不可言说之物的本质。她全部的努力在于把诗歌视为存在的唯一理由，她想成为一位完全的、绝对的诗人，毫无裂缝与伤口的诗人。某种程度上，她得到了她想要的"完全"。

只是一次爱

我的爱扩张。
它是一只完美的降落伞。
是呼出的咔嗒一声
胸腔变得宽广。
我的爱不吼
不号
不求
不笑。
它的形体是一只眼睛。
皮肤是一幅世界地图。
我用词语把它的名字
最后的记号钻成孔。
它得意地任由我的亲吻
如鳗鱼滑过。
我的抚摸如一股喷涌怀缅
罗马喷泉上空的音乐。
没人能逃出它情绪的
领地。
没有线路没有折痕没有小虫。

一切都光洁得让我的眼泪
叛乱。
在它金色的带篷马车旁边
我的创造过于古板。
这样的时刻墨水瓶起飞
瞄准蚊虫正在做爱的
无尽地界。
不祥的声音迸响。我不再飞。
扩张的是我的爱。

梦

回忆之岛终将炸裂
生命成为一出天真的戏
监牢
给没有返途的日子
明天
森林里的巨兽将摧毁
神秘玻璃上的海滩
明天
陌生的信将遇见灵魂的手。

夜

什么，永远？在不停息的我与幸福之间！

——钱·德·奈瓦尔

也许今晚并非夜晚
应该是一个悚人的太阳，或者
另一个，或者任何东西……
我知道什么！缺少词语，
缺少天真，缺少诗歌
当血液哭泣哭泣！

今晚本可以幸福！
但凡让我触摸
影子，听见脚步，
对随便一个遛狗的人
说“晚安”，
望着月亮，谈论它
奇怪的乳白，随机
被石头绊倒，好像故意。

可是有什么撞破皮肤，
一种盲目的愤怒
在我的血管奔涌。
我要出去！灵魂的守冥犬：
放下，放我越过你的微笑！

今晚本可以幸福！
还有延后的梦境留下。
这么多书！这么多光！
我少得可怜的年岁！为什么不？
死亡远远的。它不看我。
这么久的生命，主啊！
为了什么，这么久的生命？

守望黑暗

那没有忘记的时刻
被影子包围的空洞
被时钟拒绝的空洞
我用温柔收养那可怜的时刻
赤裸的赤裸的没有血液没有翅膀
没有眼睛记起旧时痛苦
没有嘴唇接住暴烈浆汁
遗失在结冻钟楼的歌鸣里。

灵魂的盲眼小女孩，保护好它
用你被火焰结霜的长发盖住它
拥抱它恐惧的小雕像
指给它看世界在你脚下共振
——燕群在你脚下死去
面对未来惊恐地发抖——
告诉它大海的叹息
打湿了唯独值得
为之活的词语。

可是那无来由汗透的时刻
蜷缩在命运的洞穴
没有手去说永不
没有手给死去的孩子
送上蝴蝶。

笼　子

外面有太阳。
不过是个太阳
人们却望着它
然后歌唱。

我不了解太阳
我知道天使的旋律
以及最后的风
炽热的布道。
我懂得尖叫直到破晓
当死亡赤裸地停在
我的影子上。

我在我的名字下面哭，
我在夜里挥动手帕
那些渴望现实的大船
同我跳舞。
我藏起钉子
嘲弄我病态的梦。

外面有太阳。

我穿着灰烬。

静止的舞

信使们在夜里传报我们没听见的消息，
在光的嗥叫下寻觅。
想中止戴手套的手
勒住天真的进程。

既然他们藏进我血液的房子，
我怎会不爬向我的爱人？
他在我的温柔背后死去。
我怎会不逃走
用尖刀逼迫自己
然后癫乱胡言？

每个时刻都用死亡织好。
我吞下怒火像一个愚笨的天使
被荆棘刺穿
阻止它记起天空的颜色。

不过，他们和我都知道
天空是死去童年的颜色。

时　间

——致奥尔加·奥罗斯科[1]

我所知道的童年
只是一种发光的恐惧
一只手把我拖向
我的另一岸。

我的童年和它的香气
像一只被爱抚的鸟。

1　奥尔加·奥罗斯科（Olga Orozco）：阿根廷诗人，皮扎尼克的旧识。

看不见的艺术

你，唱我所有死亡的你。
向时间之梦
唱你所不信任之物的你，
给我描述虚无之家吧，
给我讲讲那些穿上灵柩的词语，
它们收容了我的天真。

凭我所有的死亡
我把我交给我的死亡，
用一小把童年，
用不曾走在阳光下的
所有迷醉的欲望
没有一个词语提早发生
让我给死亡理由，
没有一个神死亡没有表情。
他们沿着温暖的城砖
向上攀爬，那颗头

臆造的蜂蜜粘在他们手上。

蜜蜂飞舞，一篇墓志铭。

他活着时几乎拥有一片国土。

现在在他头里活着一个完整的国家。

巡　礼

——致伊丽莎白·阿兹科娜·克兰威尔[1]

我曾呼喊，像遭遇海难的幸福女人呼喊
行刑的海浪
它们知道死亡
真正的名字。

我呼喊过风，
对它吐露生的欲望。

可是一只死鸟
飞向无望
音乐当中
女巫与花
切下海雾的手的时候。
一只叫作蓝的死鸟。

不是长翅膀的孤独，
是女囚徒的沉默

1　伊丽莎白·阿兹科娜·克兰威尔（Elizabeth Azcona Cranwell）：阿根廷诗人、翻译家、文学评论家。她是迪兰·托马斯、爱伦·坡作品的西班牙语译者。1950年代与皮扎尼克相识结为好友，两人喜欢别人称她们为“小姐妹”。

是鸟与风的哑口，
是世界被我的笑激怒
或者地狱的看守
撕碎我每一封信。

我呼喊过，呼喊过，
我朝向永无呼喊过。

缺　失

我不懂鸟，

不识火的历史。

但我想我的孤独应该有翅膀。

狄安娜之树（十四）

我没说的那首诗，
我不配的那首诗。
通往镜子的路
害怕一分为二：
有人沉睡我体内
食我饮我。

诗　歌

你选择伤口的位置
我们在里面讲述我们的沉默。
你把我的生命做成
这场过于纯粹的典礼。

情　人

一朵花
　　　　离夜晚不远
　　　　我沉默的身体
　　朝着露水精巧的迫切
打开

启明人

当你望着我
我的眼睛是钥匙，
墙有秘密，
我的恐惧有词语，有诗。
只有你把我的记忆做成
一个沉迷的旅人，
一团不竭的火焰。

黎　明

赤裸地梦见一个白夜。

我长眠动物的白天。

风雨抹去我

像抹去一团火，抹去一首

写在墙上的诗。

睁着的眼睛

有人呜咽着度量
黎明的宽广。
有人刺穿枕头
寻找她不可能的
安眠之地。

圣地亚哥

敞开的目光是一口棺材，一个献祭的地方，施舍树木和山谷，施舍乞丐和唱歌，只有一只手的吉普赛人，吹风笛的男人——他不停颤抖的脸，幻觉重重的眼睛，在文字广场叫喊着“不，不，不”，三个黑衣老妇望着我

——穿那么一条裤子怎么才能知道是个小女孩还是个小男孩

——女士——我说——我看看自己双腿之间就知道

——晚上我喝苦艾加白兰地；晚上我喝阳光与阴影——甜美的小姑娘这样说，告诉你她怎样在半夜唱歌，喝下阳光与阴影的方式不同于苦艾加白兰地：太阳的全部秘密，阴影的全部秘密，震动的全部秘密……

假如我死在这里……请把我埋进你的眼睛。全世界的歌为你而写，全世界的鸟都在说爱。

圣地亚哥之夜

一间石头教堂，夜里开放的时候，展露出一间火焰教堂，光布满瞬间：

玫瑰色光枝

绿色光枝

丁香色光枝

蓝色光枝

玫瑰色

绿色

丁香色

在雨中。

当绿色火圈爆裂鲜活地拥抱蓝色火圈鲜活地拥抱丁香色火圈。雨里的黑色造物——所有人等待那样东西。雨水落在我们身上而火焰还有几秒时间震颤，噼啪，起舞。

当雾气中天真的生光突然以圣雅各之名弓身爆发，花园里受到惊吓的孩子中间，我明白了在雾气中（天真的光）我不可能懂得当灰色浑浊的暴雨浇下的时候花园里那个被惊吓的小女孩本该明白的生光。

雾气里的造物——所有人等待那样东西。凝望人造的火焰，深深地说话，在洞口尖叫，宣告有什么东西在雾气中爆裂。最终，一个提议或者什么，像一句也许甜美也许不详的回答，或者什么，像来自最纯粹外界的声音。

只是风中或雾中或雨中的一小声爆裂不能平息不能合上伤口。

钟声合不上一道伤口。钟声合不上一道伤口。圣地亚哥的夜晚。旅店花园里雨缓缓落下。我去看火——她说——和那些从很远地方前来成为在场身体的黑衣人一起（广场被火光照亮，越来越快地点燃，因为大雨阻止了它正常的张开、发展与死亡）。是的——我说——去吧，去吧，去吧（觉得自己，总是这样，在被遗弃的正中心）。我看见她的眼睛，在被突然刺眼的黑暗截断的光芒里。我看见她的眼睛，在风暴的声响里，在燃烧得像异常短命的飞鸟的颜色里。让她走吧——我对自己说——我不预感，不尝试，不理解。别丢下我——她说——别流放我。至高的、纯粹的遗弃。我呼唤我小小的遗弃人。消失之前我看见她不解的眼睛。我脸上颤抖的表情，为了郑重其事地在不知谁被遗弃的夜里哭泣。

死人和雨

从前有个男人住在一片墓地旁边。

——莎士比亚

从前有个男人住在一片墓地旁边，没人问他为什么。为什么有人要问这个呢？我不住在墓地旁边，也没人问我为什么。是与非之间长眠着某样腐败或病态的东西。如果一个人住在一片墓地旁边没人问他为什么，如果一个人住得离墓地很远也没人问为什么。要我说，从一个人住的地方开始，一切都是意外。对我而言别人说什么都不重要，因为当他们以为对我说了什么的时候，其实什么都没说。我只听见我自己绝望的喧嚣，只有弥撒歌声从我不正当的童年圣墓里传出。谎言。此刻我听见洛特·兰尼亚唱起《三文钱的歌剧》[1]。当然我说的是一张唱片，但是我依旧惊悚地发现，从我上一次听到今天，三年时间，洛特·兰尼亚一点没变，而对我而言，几乎所有（如果所有是确切的）都变了。我懂得了死亡，也懂得了雨。所以，也许，仅仅因为这，没有任何其他原因，仅仅因为坟墓上的雨，仅仅因为雨和死人，才会有个男人住在一片墓地旁边。运气不好，又没耐心，反正生命是研习沉默音乐剧的过程。只是，当

1 《三文钱的歌剧》：布莱希特创作的德国荒诞音乐剧。

雨落在墓地上，有什么动了动，露了出来。我用我的眼睛看见过那些黑色小人唱着流浪者的悲歌，迷失的诗人。长袍被雨浇湿，还有无用的眼泪，我太过年轻的父亲，有着希腊单身汉的手和脚，我的父亲一定在第一夜感觉到恐惧，在这个惨烈的地方。人群和黑色小人迅速让墓地人迹灭绝。一个衣衫褴褛的男人待在我旁边像是万一我需要帮助他要援救我。也许他是那个以“从前有个男人住在一片墓地旁边”开头的故事主人公的邻居。噢，唱片变了，暴露出洛特·兰尼亚老了。那片怪异的犹太墓地里所有的死人都沉醉在肮脏而陌生的雨水里。我只能从雨水打在坟墓上的回响中知道一点我害怕知道的东西。蓝色的眼睛，镶嵌在那片犹太墓地空石碑新鲜泥土上的眼睛。要是墓地旁边能有一间小空房子，要是那间房子能是我的。那我会占据它，像一艘船，透过望远镜看着大雨中我父亲的坟墓，因为只有在雨中才能与死人交流，死人回还，有的活人讲起灵魂、幽灵和显灵的故事。而我突然想在冬天靠近那些离开我的人，仿佛大雨让一切变得可能。确实把什么或者谁叫上帝都不重要，不过我在塔木德里读到的这句话也是确实：“上帝有三把钥匙：一把管下雨，一把管出生，一把管死人复活。”

达尔维什诗选

Mahmoud Darwish

[巴勒斯坦] 穆罕默德·达尔维什

唐 珺 译

【诗人简介】

穆罕默德·达尔维什（Mahmoud Darwish，1941—2008），巴勒斯坦当代著名诗人，二战后最具知名度、作品传播最广的阿拉伯诗人之一。他被誉为“巴勒斯坦民族代言人”，是巴以冲突下巴勒斯坦抵抗诗歌的代表人物，致力书写巴勒斯坦民族的战争创伤与流亡苦难。

1960 年，19 岁的达尔维什出版首部诗集《无翼鸟》。此后十年间，他参加了同情巴勒斯坦解放事业的以色列共产党，任该党报刊及阿拉伯语文学杂志《黎明》编辑，并继续写诗。在被占领土生活期间，他曾五次遭逮捕和关押，在狱中写下许多早期诗集中的名篇。1973 年，诗人流亡至贝鲁特，加入巴勒斯坦解放组织，任职多种，包括巴勒斯坦作家及记者协会主席。1981 年，他创立巴勒斯坦文化杂志《迦密山》。1982 年，以色列入侵黎巴嫩，达尔维什被迫流亡于叙利亚、突尼斯、约旦等地，后前往巴黎，并在法国断续定居十年。1987 年，当选为巴勒斯坦解放组织执委会委员，主笔起草《巴勒斯坦国独立宣言》。1993 年，因不满巴解组织同以色列秘密谈判达成的奥斯陆协议，达尔维什辞去巴解执委会委员职务。1995 年，巴勒斯坦在约旦河西岸成立自治政府，达尔维什选择回归祖国，在拉姆安拉定居，并潜心创作。2000 年，诗人心脏病发，在美国成功施行手术。2008 年心脏病复发，手术失败，于同年 8 月 9 日离世，享年 67 岁。巴勒斯坦举国哀悼三天，悼念这位伟大的民族诗人。

在近40年的文学生涯中，达尔维什出版了24部诗集、9部散文集。著名诗集包括《橄榄叶》《来自巴勒斯坦的情人》《我爱你或不爱你》《高大黑影之颂》《更少的玫瑰》《十一颗星》《为何你将马儿独自抛下》《围困状况》《宛若杏花或更远》《蝶痕》等。他曾获苏联的列宁和平奖、亚非作家联盟的莲花奖、美国的兰南基金会文化自由奖、法国的艺术和文学骑士勋章、荷兰的克劳斯亲王奖、马其顿的金桂冠奖等10多项国际大奖，作品被译为20余种语言。

2000年，达尔维什在心脏病治疗期间写下了以生死为主题的长诗《壁画》，期望留下一部如壁画般不朽、如阿拉伯贾希利叶悬诗般具有永恒意义的遗作。悬诗是阿拉伯古代文学流传下来的经典，也是阿拉伯传统文化的重要代表。达尔维什将《壁画》比作他“最后的悬诗”，足以说明病中的他为这部诗集倾注的心力。他曾说：“这首融入个人死亡经历的长诗，其抗争之处不言自明：我们的公共生活正处于一种群体性的抗争身份、意义之死的状态。诗歌自诞生之日起所发起的战胜隐喻死亡的抗争，或许是引领我们走向新的复活的或近或远的征兆。”2000年前的达尔维什专注于民族意义的“群体经验”与爱国情的书写，重获新生的他则更为观照个体层面的复合情感与人性本质的深掘，追索“抵抗”的美学意义和普世价值。这里选录的是长诗《壁画》的前三分之一部分。

《壁画》（长诗节译）

这便是你的名字
一个女人说道，
迅而消失于螺旋回廊……

我眼见那天空触手可及。
白鸽翅膀携我前往另一个童年。
我没有梦见自己在梦。
所有事物皆为现实。
我知道我把自己扔在一旁……
继而腾空飞起。
在终极苍穹里，我变成什么，就成为什么。
所有事物皆为白色，
大海悬于白色云顶的上空。
白色的绝对空域里，虚无也是白。
此时，我是那白色无穷方圆里的唯一。
我在诞生前抵达，
没有天使降临问我：
“在那里，在尘世里，你做了什么？”
我没有听见好人的呼喊，也没有恶人的呻吟，

我是白色中的唯一，
我是唯一……

复活门下，没有什么令我苦痛。
时间不能，情感不能。
我无法感知事物之轻
与疑惧之重。我没有找到人发问：
我的“哪里”此刻在哪里？
死人之城在哪里？我在哪里？
没有虚无
在此地的非此地……和非时间里，
也没有存在。

我似曾早已经历过死去……
我认得这景象，知道我将
前往一个未知。或许，
我仍在某个地点活着，知道
自己想要什么。

我将在某日化作我想要的。

我将在某日化作思想。
把它带到荒地里的，不是剑，也不是书……
它像落雨
令山峦在青草的绽放中龟裂，
没有力量已胜利，
没有正义被流放。

我将在某日化作我想要的。

我将在某日化作飞鸟，从我的虚无里
抽离我的存在。我的双翅愈发地燃烧，
我将愈发接近真相，从灰烬中复活。
我是痴梦人的对话，
厌弃了躯体和心灵，只为完成首次旅程
去抵达
将我点燃后离去的意义。
我是缺席的，是天国的

被逐者。

我将在某日化作我想要的。

我将在某日化作诗人，
水将听令于我的直觉。我的语言
是隐喻的隐喻。但我不宣告也不指出
某个地点。只因地点是我的罪过与托词。
我来自那里。我的“这里”
一步步跃上我的想象力……
我是曾经或未来的某个存在，
无穷延伸的空间，
把我制造，把我推倒。

我将在某日化作我想要的。

我将在某日化作葡萄园，
就让夏日即刻把我挤榨，
让那糖化土地上被水晶灯照亮的行人

畅饮我的佳酿！
我是信息，是信使，
我是一个个短小地址，是邮递。

我将在某日化作我想要的。

这便是你的名字
一个女人说道，
迅而消失于她的白色长廊。
这便是你的名字，好好记住它。
不要为了某个字母争论不休，
不必在意部落的旗帜。
做你平行名字的朋友，
与生者死者一道去试用它。
在异乡人的陪伴下
练习它正确的发音，
在山洞的岩石上刻下它：
我的名字啊，你将与我一道长大。
你携带我，我携带你。

异乡人成了异乡人的兄弟。
我们将带走阴性，用一个献给长笛的元音。
我的名字啊，我们此刻在哪里？
快告诉我：当下为何物，明日为何物？
时间为何物，地点为何物，
旧为何物，新为何物？

我们将在某日化作我们的想要。

没有旅程展开，没有路途结束。
智者尚未抵及他们的异乡，
异乡人尚未抵及他们的理智。
众花里，我们只认得银莲花。
就让我们行至壁画的至高处：
我诗歌的大地绿而高耸，
黎明时分主的话语便是我诗歌的大地，
我遥不可及，
遥不可及。

每一缕风里，会有一个女子挑逗她的诗人。
——快带走你曾赠予我的
那个破碎的方向，
快把我的阴柔给我。
我已所剩无几，唯有凝视湖水的褶皱。
快带走我的明日。
快让昨日到来，让我们同在一起。
在你之后，没有事物将离去
或是返回。

——带走这诗吧，如果你想。
在这诗中，属于我的唯有你。
把你的“我”带走。我将用你致野鸽的亲笔信
去完成那流亡地。
我们中哪个是“我”，我好成为另一个？
一颗星将在书写与言说间坠落。
记忆正散布它的思绪：我们出生于
无花果与仙人掌间，剑与笛的时代。
那时的死亡更缓慢，

更清晰。它曾是途经入海口的过客间的休战。
而如今，电子按钮便可完成一切。
没有杀手聆听死者，
没有烈士
诵读他的遗嘱。

你来自哪道风？
快说出你伤痕的名字，
让我知晓那些令我们两次迷惘的路途！
你的每一股脉动皆令我痛苦，
把我拽回到那神话时代。
我的血液令我痛苦，
盐令我痛苦……静脉令我痛苦。

在破碎的瓦罐里，叙利亚海岸的女人们
为距离之长恸哭，
在八月的骄阳下烧燃。
诞生前的我，看见她们在前往泉源的道路，
听见陶罐里的水声为她们哭泣：

快回到云里，安逸的时光将返回。

回音说道：能够返回的，
唯有强者的过去，他们将登上极限方尖碑的顶端。
（金色的，他们的遗迹是金色），
弱者则唯有把信寄付明日：
请给予我们糊口的饼，给予我们更强固的当下。
轮回、降生与永恒不属于我们。

回音说道：
我已疲于我那无可救药的希望。我已疲于
美学的圈套：巴比伦之后
是什么？一旦通天的路途清晰，
一旦未知揭晓了终极目的，
祷告里的散文将流传，
歌谣将破碎。

绿色的，我诗歌的大地绿而高耸……
从我深渊的裂谷俯瞰我……

在你的意义里，你如此陌生。
你只需独自，存在于那里，便可成为
一支部族……
我歌唱，是为了丈量白鸽的痛楚里
徒劳的程度，
而非为了阐释主对世人的昭告。
我不是先知，去祈求天启，
去宣告我的深渊正在上升。

我对来自我语言的一切事物感到陌生。
遥远的词语，
拥有一片比邻高远星球的大地。
近处的词语，
拥有一块流亡地。一本书不够我宣告：
我发现自己现身于缺席里。
我每每审视自己，会发现他人的存在。
我每每审视他人，
会在他们身上只找到陌生的自己。
莫非我是一个充满群体的个体？

我是异乡人，疲于踏上那条“流着奶的路”
去抵达爱人彼方。我疲于我的属性。
形态在变窄，话语在变宽。
我正在溢出我的词汇量。
我看向镜子里的自己：
我是他吗？
我是否好好地完成了
自己在上个场景里的角色？
在这演出前，我已熟知剧本，
还是被迫演绎？
那个出演角色的人是我吗，
还是受害者
在剧作者偏离剧情后，
在演员与观众离席后，改变了证词，
只为在后现代活下去？

我坐在门后看着：
我是他吗？
这确是我的语言。这声音是我的血液被刺破。

只是剧作者另有他人……
如果我前来却未抵达，我就不是我。
如果我发声却未说出，我就不是我。
模糊的字母告诫我：
写吧，为了存在！
读吧，为了发现！
你想说便说吧，
让你的对立在意义里合体……
你透明的内里便是颂诗。

水手环绕着我，没有海港。
纤尘耗尽了我的措辞与表达。
刹那间，我没有时间去明确
我在两个方位间的方位……
我未能提出我的疑问：
出、入两扇大门怎会模棱两可……
我没有找到死亡去狩猎生命。
我没有找到声音呼喊：
飞逝的时光！你劫持了我，

致使我未能听见模糊字母的告诫：
现实乃是绝对的想象。

时间啊，你从不等待……
从不等待迟来的新生儿！
就让过去成为崭新，那是我们
对你的唯一记忆。那时的我们还是你的朋友，
不是你马车的牺牲品。就让过去
维持过去，不受引领，也不引领他人。

我看见了死者的记忆与遗忘……
他们数着腕表的时间却不再老去。
他们绝不会感知我们的死
与他们的生。没有事物
组成我的过去或未来。人称代词通通瓦解。
“他”在“我”里，也在“你”里。
不再有整体，不再有部分。
不再有生者对死人说：成为我吧！

元素与情感也在瓦解。
在那里，我看不见自己的躯体。
无法感知死的繁茂，或我的初次生命。
好像我出离了自体。我是谁?
我是已故，抑或初生?

时间为零。当死亡领我飞向迷雾，
我想到的不是诞生。
我非生非死，
那里没有虚无，亦无存在。
我的护士说道：你的状况好转了。
然后给我打了麻醉针：稍后
平静地
甘享你的梦境吧……

我看见我的法国医生
打开我的牢狱，
用棍棒打我，
协助他的还有两名市郊警察。

我看见父亲朝觐归来，
在希贾兹[1]的烈日下
晕倒在地，
他对环绕他的一排天使乞求道：
快把我扑灭！

我看见摩洛哥青年
踢着球，
用石头扔我：啊，错过了坟墓的父亲！
快带着修辞回去，
留下我们的母亲！

我看见勒内·夏尔
与海德格尔同坐于
我的两米开外，
我看见他俩饮着红酒，
却没有在找寻诗歌……

---

1 希贾兹：阿拉伯半岛地区，今沙特阿拉伯王国西部，内有麦加、麦地那两大伊斯兰教圣地。

他俩的对话是放射的光束，
短促的明日在等待。

我看见三个挚友在恸哭，
他们
在用金线
为我织一件殓衣。

我看见麦阿里[1]把批评者们
逐出他的诗歌：
我的盲眼
看不到你们的视界。
眼力是一道光芒，
通向虚无……或是癫狂。

我看见一些国家
正用清晨的双手拥抱我：

1 麦阿里：即艾布·阿拉·麦阿里，阿拉伯阿拔斯王朝时期著名盲诗人，诗作偏重理性，悲观主义色彩浓厚，被称为“诗人哲学家”。

请尽享面包的香气，

请适应人行道的花，

你母亲的炉灶依旧火烫，

见面礼如烤饼般灼热！

绿色的，我诗歌的大地绿意盎然。一条河足以

令我与蝴蝶耳语：哦，我的姐妹。一条河足以

诱惑古老的神话，乘上猎鹰的翅膀。

猎鹰更换了旗帜和远峰，

在那里，军队为我建起遗忘王国。

没有民族比它的诗歌更渺小。

但武器，为诗中的死者和生者

扩充了词意。字母磨亮了

悬于黎明腰间的剑戟。沙漠因歌声而缩退，

或扩张。

没有年岁，足够我用初始拴紧终结。

牧人们拿走我的故事，潜入废墟迷境的草丛里。

他们用号角和流传的韵文战胜遗忘，

在告别石上，他们将记忆的嘶哑传给我，
便一去不返……

我们的岁月是牧歌，部落与城邦间的牧歌。
我找不到一个夜晚，衬得上你镶着幻境的驮轿。
我对自己说：没了你，我需要名字做什么？
快呼唤我，我创造了你，你命名了我，
当你拥有了名字，便杀死了我……
你怎会杀死我？我，可对这夜晚完全陌生。
快让我进入你欲望的森林，拥抱我、搂紧我、
让纯净的喜蜜淌出蜂巢。
快用你双手拥有的风播撒我，再聚拢我。
异乡人啊，夜正为你献出它的精魂。
星辰无视我，直到它得知
我的家人将用青金石水杀死我。
所以，在我亲手打碎自己的陶罐后，
快让幸福的当下属于我。

——你是否对我说了什么，由此改变了我的路径？

——没有。我的生命彼时在体外，
我是那自言自语的人：
最后的悬诗从我的枣椰树落下，
我为诸多二元所困，
在自己体内漫游。
但生活正因她的混沌
因小小麻雀而值得……
我的出生不是为了知晓死亡，而是为了爱上
主的荫庇下所有的隐秘。
美把我带向美德，
我爱你这样的爱，从本体和本性解放的爱。
我是我的替代……

我是那自言自语的人：
极小的事物将诞生极大的思想。
节奏不来自词语，
而是来自两个躯体的合一，
而是来自一个漫漫长夜……

我是那自言自语、
放养记忆的人……你是我吗？
第三个我们，在我们间挥舞着“你俩勿要总把我遗忘”。
我们的死亡啊！请以我们的方式带我们到你跟前，
我们或将学会发光……
因为没有太阳和月亮把我照亮。
我留下影子挂在枸杞枝头
于是土地因我变轻，
我逃亡的灵魂带我飞翔。

我是那自言自语的人：
女孩啊，欲念对你做了什么？
风磨亮我们，携带我们，像携着秋日的气息。
我的女人啊，你在我的拐棍上愈发地成熟。
现在的你尽可相信天启，
踏上“大马士革之路”。我们余下的年华，
仅剩一位守护天使，和两只展翅的白鸽。
大地是节日……

大地是亏折者的节日（我们是其中一员）。
像史诗的歌谣，我们被遗留在这土地。
像垂老鹰隼的羽毛，我们的营帐被风卷起。
即便没有耶稣的教诲，
我们也曾善良、自律。
只有在夏末，我们才比青草强壮。
你是我的事实，我是你的疑问，
我们继承的只有两个名字。
你是我的花园，我是你在史诗歌谣岔口的阴影……

我们没有参与女神们的谋划，用魅惑与诡计
开始咏唱。她们用羚羊的角
把土地从原本的时代驮至其他……

我们本可自然生息，
只是天空的星辰略高过水井的石子，
只是先知们略失强硬，令士兵们听见了我们的赞歌。

绿色的，我诗歌的大地绿而肥沃，

被歌者们携至一代又一代的时光。
诗中属于我的有：水仙花对倒影的凝视。
诗中属于我的有：同义词里清晰的阴影
和精准的意义……
诗中属于我的有：夜的屋顶尖上
先知们如出一辙的言语。
诗中属于我的有：山丘顶一头被遗忘的智慧驴
鄙夷着神话与现实……
诗中属于我的有：被矛盾塞满的象征，
具象未能把它抽离记忆，
抽象未能令它升入璀璨之光。
诗中属于我的有：另一个“我”，
在歌者的记事本上书写它的日记：
“假如这梦不够，那么在流亡地的门口，
我还有一次英勇的无眠……”
诗中属于我的有：我的语言在墙壁间的回音，
当强硬的心背叛我，
回音将从墙上刮下海盐……

我的理智高于艾赫瓦尔[1]。

我对魔鬼说道：不，你不要考验我！

不要把我置于二元之中，让我一如既往，

从不在意《旧约》全书的流传。

让我向着天空高升，那里有我的王国。

啊，我父亲之子，快带上历史，带上历史……

用本能造出你的想要。

属于我的还有宁静。一颗小小麦粒

便已足够我们——我与敌对的兄弟。

我的时辰还未到，收割的时辰还未到。

我应当渗入缺席，

应当信任内心，追随它前往

加利利的迦拿[2]。

我的时辰还未到。我体内某物似乎正把我抛弃。

似乎我是个非我的个体。

---

1 艾赫瓦尔：指艾赫瓦尔平原，位于约旦河以东，巴勒斯坦地区最肥沃的低洼平原之一，现大部分土地为以色列所控。

2 加利利的迦拿：现为黎巴嫩南部村庄加纳。据《新约福音》记载，耶稣在迦拿婚宴上展示了以水变葡萄酒的神迹。

姑娘霓裳边的无花果园还未成熟。
凤凰的羽毛还未把我诞下。没有人在那里等待我。
我从前来过，我过后来过，
却未找到任何人，相信我的所见。
我只为我所见。我遥不可及，
遥不可及。

你是谁呀，这个我？
路途上我们是二者，复活日我们合一。
请把我带到死光那里，
让我以另一形态见证我的转化。
我啊，在你之后我将变成谁？
我的躯体后于我，抑或先于你？
你啊，我是谁？快像我创造你一样创造我。
快给我抹上杏仁油，快为我加冕雪松的王冠。
把我从山谷扛到白色的永恒。
以你的方式教我生活。
考验我，让我化作天界一颗粒子。
帮助我，舒缓永生的烦躁。

一旦你要伤害我，请温柔地，
让玫瑰喷涌出我的脉搏……

我的时辰还未到来。没有使者在用最后一捧青草
丈量时间。时间在折返？
没有天使到访那片土地，
教导诗人把往昔抛给美丽的暮光，
用双手开启明天。
所以快唱吧，我迷人的女神啊，阿纳特[1]！
快唱出我第一首献给再次创世的诗。
说书人或许能为秋岩里的柳树找到出生证明。
牧羊人或许能在歌声深处找到水井。
为了那厌倦意义的人们，生命或许会蓦然
显现于绕着韵脚鼓翼的蝴蝶翅端。
所以快唱吧，我迷人的女神啊，阿纳特！
我是猎物，是利箭，
我是话语。我是赞颂者，是哀泣者，

1 阿纳特：迦南神话里自然与丰收女神，也是司爱情、生育及战争的女神。

是殉道者。

我没有对遗迹说：再见。
仅仅一次，我成为曾经。
仅仅一次的曾经，已足够我了解时间何以粉碎得
一如北风里贝都因人的营帐。
土地何以被劈裂，过去何以披上
废弃庙宇的碎屑。周遭万物与我如此相似，
可我却不像此地的任何。
歌唱的病人、魔鬼的后嗣、
还有疯狂的苦命人，
他们的大地在变窄。
他们每每看见美梦，便教给鹦鹉一首情诗。
然后边界在他们面前裂开……

我想活下去……
我还有在船上的工作。
不是从我们的饥饿，或是海洋的晕眩里拯救飞鸟，
而是从近处观看洪流：

然后呢？
幸存者们将对古老的土地做什么？
他们是否在重复传奇？何为开始？
何为结束？没有死者前来
告诉我们真相……

死亡啊，请在土地的外界等我，
请在你的国度等我。等我在你的营帐近旁
结束一段与余下生命的短暂对话。
等等我，等我读完塔拉法·本·阿卜杜[1]的诗篇。
存在主义者诱惑我，用自由、正义和神的美酒
耗尽每一瞬间……

1 塔拉法·本·阿卜杜：阿拉伯贾希利叶时期著名诗人，以思想自由、言行坦率著称，崇尚死亡不可避免、人生在世理当及时行乐的处世观。

赫罗洛娃诗选

Irina Herolova

[俄罗斯] 伊琳娜·赫罗洛娃

晴朗李寒 译

【诗人简介】

伊琳娜·赫罗洛娃（Irina Herolova，1956—2003），俄罗斯诗人，1956年2月9日生于马利乌波尔市（当时称为日丹诺夫市）。童年和青年时光在特维尔州科纳可夫斯基地区列德基诺村度过，在列德基诺第一中学毕业，随后考入特维尔州（当时称为加里宁）文教职中，毕业后，在《加里宁真理报》编辑部担任打字员工作。23岁时就读于莫斯科高尔基文学院。在80年代末至90年代初，曾在《青春》杂志社的手稿部工作。1996年，莫斯科“罗伊”出版社出版了她的第一部诗集《如果你可以——那就复活吧》。她的创作得到了诗人阿赫玛杜林娜、卡扎科娃和杰明切夫的极高评价。2003年4月8日，赫罗洛娃在莫斯科去世，享年47岁。2004年，友人集资编辑出版了她的第二本诗选集《我活着》。2011年，在特维尔出版有她的儿童诗集《小毛球和他的朋友们》。

据伊戈尔·麦拉麦德在《我活着》一书序言中介绍，赫罗洛娃始终没有致力自己的诗歌前程，即便是在她的诗歌如日中天的时期。她一直都回避任何形式的文学活动，从不参加文学晚会，甚至有一次，她竟然忘记了早已为她安排好的个人演出，这令组织者难堪，也使到场的人们困惑不解。赫罗洛娃固执地认为，诗人就是诗歌的写作者，而不是成为众人嘴里街谈巷议的话柄。那些喜欢用诗歌来作秀的人会使她浑身战栗。赫罗洛娃对人、对生活、对文学的见解，因其毫不留情的准确性和毫不妥协的态度而总是令人惊叹不已。

麦拉麦德不建议那些期待从诗中获得令人震惊的创新意味的读者去读赫罗洛娃的诗。真正的诗歌永远都是延续相继的，赫罗洛娃从形式到内容都是一位传统的俄罗斯诗人。比较内行的读者会注意到诗人格奥尔基·伊万诺夫对她诗歌的影响，她借鉴自伊万诺夫的是：言简意赅，不连贯性，日常的、不带浪漫色彩的语气，能清晰地以自己的名义为事物命名的才能。但是，排除所有的外来影响，赫罗洛娃独一无二的声音也以奇妙的方式迸发出来。

没什么可顾虑的。不是反正都一样嘛……

没什么可顾虑的。不是反正都一样嘛，
我们都不得不面对死亡——
按他人的意志，或个人的意愿。
反正要把这根线纺一纺。

线连着线——纺成了绳索。
可是，与往日习惯的事物告别，
你突然想到：自己会变得鼓鼓囊囊，蓝色，可怕，
非常不舒服。

可你会思考——你会唾弃，并把酒一饮而尽。
心灵立刻焕然一新——
你会用手指在桌上敲出细碎急促的
声音。你会解开脖子处

粗硬的衬衫领口。
你会最后一次打开无线电收听。
你会听到这样的消息，
生活——已不是那么过于可怕。

我不会爱得三心二意……

我不会爱得三心二意。
因此我才抛弃了你。
你为灿烂而狂热的生活所吸引，
最好别再来碰我。

这样生活该多好——耳聋，眼瞎。
可你为什么让我从灰烬中再生？
重新痛苦地降临到人间，
而这个世界上，你已经不在。

我唯一的光明，是这秋日的昏暗，
我不会乞求任何救助。
魔鬼不会帮忙，上帝不会拯救。
也许日子，一如沙粒，将要干涸。

去可怜别人吧——那些生者和真正的人……

去可怜别人吧——那些生者和真正的人。
而我——用自己的失眠救治自己。
你的眼睛，深渊一般，充满诱惑，
我不害怕，就是说——我不会丧失理智。

我是幽灵，我是深夜的鬼魂，
我是黑暗的小小孙女。
寂静与星光主宰了我，
我的耳朵聆听着它们……可你，可你

去可怜别人吧：即便在光明的正午
他们也感觉光照不足。而深夜——令他们恐惧……
有一天不守规矩的彗星会用光芒
击溃他们的灵魂。

我不知道，为什么和去哪里……

我不知道，为什么和去哪里
我虚掷了最美好的岁月……
我身上只剩下了不幸
如同自由唯一的象征。

那好吧，亲爱的，没什么，我不反对。
我把你称作命运。
我和你一起度过了
并非唯一的荣耀的夜晚。

什么情人！——不必去管他们。
既然是你自称为缘分。
我们诚实点儿说：把一切都一分为二——
我们手里还能得到些什么：

我们怀着狐狸般的机智
奉献，虚掷，拿取的那些东西：
是怜悯，温柔，秋天的叶子
和大衣口袋中的一张张便条。

落雪时忧伤的妄想……

落雪时忧伤的妄想。
还有内心安静的喜悦……
我还在生病……但不需要，
已经不需要思考这些。

你会穿过街道向我呼唤，
不——是穿过命运——径直走来。
你童年的呼唤
变得越来越远，越亲切，越珍贵。

世界上的任何珍宝——
我多想全部奉献给你，
只为了你大声地呼唤我这句“伊——拉！”
在冰雪的命运中闪耀。

但你的呼唤声会被风雪吹走……
我和你要赶紧奔向那里，
那里可以与天空对话，
——甚至在隐蔽的内心。

七月开始行使自己的权力……

七月开始行使自己的权力。
野草俯身于大地——
以自己的整个身体，以它全部多余的部分。

它要睡到晚霞满天，
趁着那些割草人
还没有准备好试验镰刀的锋刃。

熊蜂放慢了飞翔的速度——
显而易见，是大地
把它引诱到那些花草之上。

快些，甜蜜的灵魂：
这是为你备好的鲜粥，
我们要把你派遣到这里。

让我们一起潜入草丛中
我们在那里会真实地看到
大地，芸芸众生和生命力，

她，散发着牛奶的芬芳，
如此简单而轻松地
决定了自己与我们的命运。

太阳缓缓地……

太阳缓缓地
熄灭了。霞光
一片明黄，如同油脂，
徒然地流淌，
半个天空被涂遍了，
让心灵感到不安……
一个小小的孩子
拿着一块面包走过。
夕阳照到
他的面颊上，
小手里的面包块儿
也被镀上了一层金黄。

牧人的短笛响起来，
畜群回家了……
请你等一等，听一听，
我愚笨的孩子啊，
像牧人戏弄着
永恒的霞光

走在通往天堂的路上……

我说，赶快回家吧。

这是第几次了，我对自己反复说……

这是第几次了，我对自己反复说，
如果我什么时候忘记了
亲爱的人，——说明我正永远失去
自我——我永远不许自己这样做。
但是我会慢慢地、忠实地忘记。
几乎没有疼痛，没有责难。
谁是第一个？我记不清，谁是第一个。
而只记得一个安静的秋日
和一枚苹果。
那些我曾爱过的人，
无法计算。
记忆使那个秋日
再次浮现——让所有我爱过的人复活，
却剥夺了他们的名字和相貌。
留下来的只有：星期天，
那些我说过的话，我谨慎的笑声
还有那个宁静温暖明亮的秋日，
仿佛一枚苹果，
被分给众人。

这些谣言我不会驳斥……

这些谣言我不会驳斥。
我向整个世界承认：
确实如此——在上一周，复活节期间，
我在众人面前我嫁给了他。
没穿鞋子，没戴头巾。
我走上前——他鞠躬到地。
那些邻居，斜眼相看，
哑然无语。
我说："现在还有什么不明白的？
把手给我……我们走吧！"
但他站着，直挺挺的，像棵白蜡树，
固执地沉默不语。
他站着。轻轻摇晃着网子，
里面闪烁着一条孤零零的鲑鱼。
在慌乱中，邻居们也不说话，
就像一群安静下来的喜鹊。

……而我以后还会歌唱……

……而我以后还会歌唱，
歌唱，你如何拿走我的生命
把它一折两断，就像一块面包，
　　　　　　　　送给了我
一半……
　　　　而把自己的
抛入忘川黑暗的流水。

我还要歌唱，
我站在边缘之上
捞起了那融化的一块……
而流水，怜悯我，
　　　　　　把你的一半
也归还给了我。

是离开，还是发疯……

是离开，还是发疯——
这和死亡的意义有什么不同……

你看，冬天再次走近我，
它有着洁白而漫长的尺寸。
一年中有三个月
暴风雪吹面，寒风刺痛脊背，

我要离去，不，我要发疯，
我要在没有生火的房子里冻死。

如同巨大的虚空，
破旧的大衣伸给我
弯曲的手臂，
我用它盖起自己的双腿。

在一间破旧废弃的板棚里……

在一间破旧废弃的板棚里，
命中注定的一层，
安琪儿在哭泣，他被从天堂驱逐，
擦拭着自己受伤的翅膀。

在他身旁——是一头陶瓷的小猪，
有些稍微像斯芬克斯的模样，
它的背上有一条细细的裂缝：
好让硬币投进去，发出清脆的声响。

在他明亮的头发上粘着锯末
和有刺儿的干草渣儿……

在他的陶瓷储钱罐儿里
犯有三次快活的罪过：
第一次——对于圆圆的糖果。
第二次——对于笼子里的云雀。
而最后一次，发出响亮的声音，就像一枚五戈比，——
随随便便地就花了，随随便便。

我要告诉自己的灵魂……

我要告诉自己的灵魂：
如果可以，那就复活吧，
在巧克力色的芦苇中，
在它簌簌作响和碎裂声里，
在青蛙睡梦的喧哗中
在芦苇丛中，在小鼠般的嘈杂里
在芦苇丛中……
你要像芦苇秆儿一样
沙沙地响着，尽情摇曳……

无论是母鸡用爪子写字……

无论是母鸡用爪子写字，
畸形者站到铁篦子下歌唱，
还是冰冷的小窗里
闪烁的，融化的嘴巴在喘息，——
这一切都是生活中的手工劳作，
是十字绣上的快乐图案……
以后会怎样？暂时我不知道。
暂时有微风在头脑里吹拂。

我们不能隐藏起痛苦的一笑……

我们不能隐藏起痛苦的一笑，
我的讥讽者和喜好搬弄是非的人。
本来我们都看得清楚，
当然，那些盲人会承受。
我们却没有权力谴责他们，
因为——诅咒，不诅咒，
——我们——都是精致框架中的镜子。
他们反映在我们里。

这么多的花楸果，在灵魂冻结的冬天之前……

这么多的花楸果，在灵魂冻结的冬天之前。
血液冷却，预感到了冬日的沉重。
那些秋天的小鸟，急着抓紧有利时机，
弄落满地的花楸果，仿佛是为了炫耀自己的功绩。
好吧，它们真是幸运，花楸果红艳，甜蜜。
沉甸甸的果串儿把秋天的湿润沾染上血色……
无边无际的潮湿，伴着啜泣，我吞咽下四大口，
想：最好什么也别发生……
就让生命短促，但不短于冬季。
而整个冬天——不堪重负的杂乱与繁忙，
对此，我们要用整个易碎的一生来习惯……
灵魂发冷，不顾个人的经验。
我们隐藏在大衣里，徒然地做着祈祷，
始终期待着，春天轰鸣于空旷的自然之上……

而一月和点缀着花楸果般明亮小星的圣诞树
毕竟没有什么可怕的。